JN108775

令和は万葉人の贈り物

松山進
松山みくさ

文芸社

前書き

第一章について

西暦二〇一九年五月一日。皇太子が新天皇に即位なさり、元号も「平成」から「令和」に変わりました。

私は長年、自分の心の中で温めてきたものを文章に書いてみたいと思っていました。

令和元年八月は、ちょうど私の誕生月でもあります。

私が中学、高校生の頃から気が向けば書いていた日記帳「思いのままに」を読んでいると、何か書きたくなってきました。そこで過去に振り返って自分史的なものを書こうと思い、書きだしたのですが、故郷の想《おも》い出《で》の中に出てくる亡き母、亡き祖母への想いが強すぎて、祖母と母とのことが日常生活の中において、私にとって一番の比重を占めていたことに気づきました。

小さい頃のことは、母や祖母の話や、教えがあったし、また故郷に対する想いは、必然的に母や祖母の話や教えの中で培われていったものであります。

西郷隆盛や西南戦争の話、わが家のこと、すべてに母と祖母の話や教えが、私の心の中に残って積み重なっていったように思われます。

歴史的なものに興味を持ち、文学的なものに憧《あこが》れるようになっていた私は、東京に出て大学に行き、ますます本を読んだり、ものを書くことが好きになっていました。『万葉集』や『源氏物語』もだいぶ読みました。だが、それだけではおもしろくないので、暇があれば、万葉の故郷といわれる奈良・大和地方や『源氏物語』の故郷、京都・宇治地方を散策したりしました。

『万葉集』は歌われている歌の範囲が、大和を中心とする関西地方から、関東、東北と延び、南は近畿、中国、九州とほぼ全域に及んでいます。

『万葉集』に収められた四千五百十六の歌は、大和民族の心の歌であり、生活の歌であり、現代に繋《つな》がる日本人の伝統的な型式《かたしき》であると考えられます。何故ならば、日本農業の原型を余す事なく伝えてくれているからであります。

また、日本の気候風土も千三百年前が、そのまま現代に繋がっています。

万葉時代の文化は、現代の日本文化の原型であり、万葉人《まんようびと》の心は、現代日本人の心でありました。古典文学に親しみ、『万葉集』の四千五百余首の歌の一つでも口ずさむ時、私はいつも日本人であって良かったと思います。

令和元年は今年（西暦二〇一九年）五月一日に始まりました。万葉集第五巻に収められた中の「梅の花」三十二首の前文にある……令《よ》き月にして……の令の文字を採り令和とした、と言います。元号を日本の古典文学の中から採り入れたということは実に素晴らしいと思います。

『日本書紀』『古事記』の中にも、日本国誕生の話や物語、また歴史ともいわれるものがたくさん書かれていて、国文学者の間で研究され発表されています。今後ますます研究がなされていくのでしょうが、ここでは万葉人の手により歌われた『万葉集』の中の歌に、令和の元号を見つけたのは感嘆《かんたん》すべきことだと思い、喜んでいる庶民の一人です。

　この本を書くにあたり、故郷の想い出からと思い、書き始めていると、テレビニュースで新元号は、「令和」と発表されました。「令和」は、『万葉集』の中の記述を参考にしたということでした。

　私は古典文学の中でも、特に『万葉集』が愛読書であり、また大学の卒業論文は「万葉風土考」と題し、『万葉集』について書いていたので、急きょ万葉集の歌を書きたくなりました。

　学生の頃を含めて、『万葉集』を中心とする古典文学の故郷を幾度となく訪ね歩きました。その想いを今こそ書くべきだと思い、書きだした次第ですが、歌そのものの解釈は、学者の先生方がすばらしい解釈をなさっておられるので、ただただ古典文学の愛読者である私は、万葉歌のいくつかの歌を味わい、その中に日本の二十一世紀を象徴する元号「令和」があるのだと考えています。

第二章について

二章は、妻・みくさが、長年書き溜めていたエッセイの中の十五編を収録したものです。妻は落語が好きで、テレビなどで落語の時間が来ると、必ず観るし、近年はテレビの「笑点」は欠かすことなく観ています。私も妻を通じてお笑い番組が好きになり、よく二人で大笑いしながら観ていることが多くなっています。

私たち夫婦が子育ての頃、鹿児島に住んでいる妻の母親が加勢に来てくれました。子供を育てながら、共働きをしていた私たちを助けてくれたものです。その妻の母親が、落語が非常に好きでした。新宿の「末廣亭」や上野の「鈴本演芸場」に、妻と落語を聴きに行っていたことを思い出します。新宿の「末廣亭」には、私も同行したことがありました。

そのほかに、妻はプロ野球でよくナイターを観るし、若い頃は風呂につかりながらトランジスタラジオで野球放送を聞いていたり、妻の母親は、大相撲が好きで、よく二人でテレビ観戦していました。

また、開業医である妻の長兄が東京に住んでいる妹（妻）に小荷物を送るというので、ちょうど来合わせた私に「おい、松山君、これをチキンで送って来てくれないか」と言う。「チッキ」で送って来てくれというのを「チキン」で送れと言うのです。少々腹が立ったが、荷物を送ってしまうと、ついおかしくなり、一人で笑ってしまいました。その後、市内のレストランで義兄と義姉と三人でチキンライスを食べました。義兄はユーモアがあり、とんちもあります。私の妻も似たところがあると思っています。

妻の書いたエッセイ十五編は、何でもない話ではありますが、ユーモアに富み、まとまっていると思います。

私たち二人とも、今後さらにいろいろと書いていきたいと思っています。

目次

第一章　想いのままに

令和元年は万葉の中にあった

　万葉歌が好きなので、ついついいろいろなところに出かける時、『万葉集』の単行本を持ち歩くことが多い。どんな平凡な山や川、田、畑、家並みの中にも万葉の匂いがする。

　近頃は山歩きやドライブもだいぶ回数が少なくなったが、若い頃はじっとしているのが嫌いで、いろいろなところに出かけて行った。

大和三山地方　昭和42年8月写す
「耳成山」の頂上に立って、前方を望めば正面の小高い山が「天の香具山」。その右の林の所が藤原京跡である。「畝傍山」はその後方右。

万葉巡りも何度も行った。奈良の明日香村、吉野川から大台ヶ原、大和三山など……関西方面だけでも五、六回くらいは歩いている。これは独身の時に始まって、妻と一緒になってからも変わらない。

万葉の故郷、明日香へ

東京駅から夜行列車に乗って、一人万葉の里へ無銭旅行をした時のことを書いてみようと思う。この時の明日香村が、私は今でも一番好きで忘れられない。明日香村全体が、昔のまま残っているかのような気がしているのである。

明日香村の入り口に一軒のタバコ屋さんがあって、道を聞くと親切に教えてくれた。この時の明日香村は、まだ本当の田舎の風情を残していた。

夕暮れが近づいていたが、明日香《あすか》坐《にいます》神社、明日香大仏、石舞台などを観た。

当時は横壁だけが残っていた、藤原夫人の住居《すまい》と言われている屋敷跡に立った。壁の朽ちかけた白い漆喰について、神社の神主と思われる人が、他の万葉巡《めぐ》りの人たちに説明していた。私はそれを一緒に聞いた。

「この壁のことを『オカベ』と言います」と説明している。「オカベ」とは豆腐のことであり、皇室では今でも豆腐を「オカベ」と呼んでいるそうだ。

ちなみに私の故郷・鹿児島でも、豆腐のことをオカべと言う。鹿児島の方言の中には、皇室用語がほかにもかなりあると、何かの本で読んだことがある。「オカベ」と豆腐は、どちらも色が白くてよく似ているように思われる。

万葉集の単行本では、武田祐吉校註『万葉集』(角川文庫)の上下巻二冊と、犬養孝著『万葉の旅』(現代教養文庫・社会思想社)の上中下巻三冊が面白いようであり、今でもどちらかを持ち歩いている。

前者の武田祐吉校註は、作者別索引、時代順作者人名録が記載されていて、非常に分かりやすい。後者の犬養孝著は、「日本の風土の中に見る万葉歌」とも言うべく、風景や情景が実に美しく解説されている。

ほかに『日本古典文学大系』(岩波書店)にある『万葉集』も私の本棚にあるが、ほとんど読まない。すばらしい本であるが難しくて、いささか肩が凝る。

日本の古典文学は、日本人の心を癒やしてくれる。なぜであろうか。それは『萬葉の風土』をお書きになった犬養孝氏の著作にあるような、日本の美しい自然の中で育まれた文学であるからだろう。

万葉集巻五（歌番号八一五の前文）

梅花の歌三十二首序并せたり

天平二年正月十三日、師《し》の老《おきな》の宅に萃《あつ》まるは、宴会を申《の》ぶるなり。時に初春の令《よ》き月にして、気淑《よ》く風和《なご》み、梅は披く、鏡の前の粉を、蘭は薫らす、珮の後の香を……

（武田祐吉校註『万葉集』角川文庫）

この歌は、大宰府時代の大伴旅人の家に集まり親しい人たちが宴会を催し、梅の花を歌ったもので、雑歌である。ちなみに万葉集の代表的な区分は、「雑歌」、「相聞」、「挽歌」である。

二〇一九年五月一日、日本国元号は「平成」から「令和」になった。令和元年五月一日。私は、新天皇が誕生することがうれしくてたまらない。元号の元になったのが、古典文学の万葉歌にある「令」という文字を参考にしているのに、非常に親しみを感じるのである。

令和元年八月に誕生日を迎える私は、次の世代を生きる若者たちに限りなき親しみと、愛を感じている。

子どもの名前は万葉集より

この文章を書いている平成三十一年四月は、私の長女・あづさの誕生月。今から四十数年前に生まれた時、その名は『万葉集』から採った。子どもが生まれたらそうしようと決めていたのだ。

巻四の相聞歌より

五四一　梓弓爪引《つまび》く夜音《よと》の遠音にも
　　　君が行幸《みゆき》を聞かくしよしも（海上女王）

この歌なども好きな歌の一首だったので、長女の名前にした。

そしてこの歌はあづさの誕生を祝って、掛け軸にした。当時、妻・みくさの上任で日展に入選した書道家に特別に書いてもらった。

現在は青森・弘前在住の娘の家の床の間に掛けてある。今思うと、良い記念品であった。娘もこの掛け軸が気に入り、自慢にしている。

次の娘・小夜の名前も『万葉集』から名付けた。

巻十三　三三二二　小夜《さよ》ふけて今は明けぬと戸を開けて
紀べ行く君を何時とか待たむ

天武天皇の皇女。大津の皇子の姉・大伯《おおく》の皇女の伊勢神宮で詠まれた歌。

巻二　一〇五　わが背子《せこ》を大和へやると小夜ふけて
暁露《あかとき》にわが立ち濡《ぬ》れし

右の歌二首は、万葉歌に出てくる小夜という言葉を使った十首ほどの中から拾った二首である。二人目の女の子が生まれたので何と名前をつけようかと思い、『万葉集』を開いてちょっと考えて、小夜という名前をつけることにした。

梓弓も小夜吹く風も、激しさや、強さを表し、女の子には、心の強さ、激しさ、感情の豊かさを育むのに良い歌だと考えた。

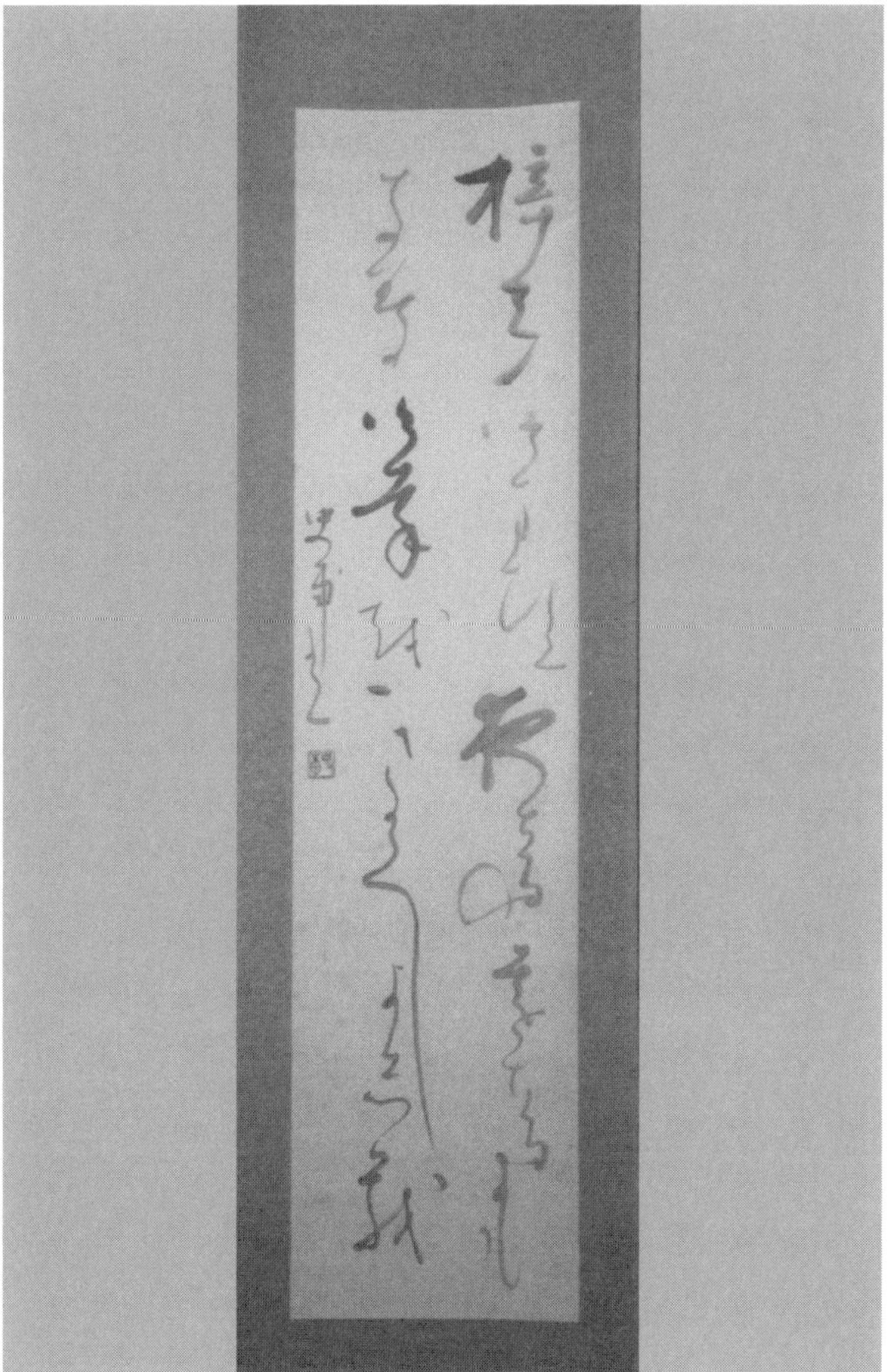

娘の誕生を祝って書いてもらった掛け軸

二人の女の子には、やさしくて感情豊かで心の強い子どもに――と。

梓弓も小夜ふけても、そんなに知られた歌ではないが、何故か好きな歌の一つである。


『万葉集』は四千五百余首の歌から成っているが、その全てが、日本の美しき風土を自然の姿で表現し、千二百年前の人々の姿や心の動き、人間愛、家族愛といったものを余すことなく歌い上げていると思っている。

『万葉集』は日本人の心の歌である。

万葉美人が明日香の村を歩いている姿を想像するのも楽しいものである。

明日香大原の里　昭和 41 年 5 月写す

前ページ写真左は藤原鎌足の生家跡。白い土塀はオカベといったそうだ。宮廷では豆腐のことをオカベともいうそうだ。その横に大伴《おおとも》夫人《ぶにん》（鎌足の母）の墓がある。

巻十一　二五八七　大原の古りにし郷《さと》に妹をおきて
　　　　　　　　　吾いねかわつ夢に見えこそ

巻二　一〇三　わが里に大雪降れり大原の
　　　　　　　古りにし里に降らまくは後《のち》

私が明日香村を散策したのは、前にも書いたが昭和四十一年五月、この時は東京駅から夜行の鈍行列車に乗り、京都駅に夜明けの近い午前三時頃に着いた。駅のベンチにそのまごろ寝をし、大阪、奈良方面への一番電車を待って、二泊三日の無銭万葉旅行をした。耳成山の神社境内に火を使わなければ良いと言われ、ごろ寝の一泊。二泊目は吉野川の上流にある大台ケ原に行き、吉野川の川辺にテントを張り、一人で寝ていたら川の監視員に夜中に突然起こされた。鉄砲水が来ると危ないので移動しろというので、川土手の方に移動した。散々な思いであった。

ところで明日香路は、現在は少し整備されていて、私には少し物足りなくなった。これまで奈良、大和・明日香路だけで五回は行っている。そのうち三回は車でドライブである。結婚してからは、妻を連れて行った。一度、明日香・大和路をいっしょに散策したいと思っていたからである。

しかしながら、万葉旅行は車のドライブは良くないように思う。思うように散策できないし、自分の心に思いを少しでも千二、三百年前にもって行くには歩くのがよい。最後に訪れた時は、明日香村が整備されすぎて、自分には昔のままにしておいてもらいたいと思ったものだ。

さておき、明日香村の入り口より徒歩で進んで行くと、明日香坐神社がある。民俗学の第一人者、折口信夫《おりくちしのぶ》博士の生誕地だ。

ほほすきに夕《ゆう》ぐもひくき明日香のや
　わがふるさとは灯ともしにけり

折口信夫

国文学者折口信夫生誕の地。折口先生はこの神社で生まれた。

明日香坐神社　昭和41年5月写す

※神社の入り口にある門柱はかなり古いものであったが、写真にも飛鳥座神社の文字が読みとれる。

折口信夫の国文学におけるエネルギーは、この神社の中にあったのかも。

折口信夫、柳田國男の民俗学は、『万葉集』の風土の中で育まれたと言える。

しとしととふる、春雨に安居院の万葉池がぬれていた。ここに来ると、千二、三百年前の昔が生きている。

壬申の乱の時、大海人皇子《おおあまのおうじ》（天武天皇）がこの境内に兵を集められた。警備を務めた隼人《はやひと》がこの境内で門番をした。

明日香安居院　雨にぬれる万葉池　昭和 41 年 5 月写す

安居院の境内　薩摩隼人は現代でも勇敢な人種と考えられている。
昭和 41 年 5 月写す

隼人とは、今で言う薩摩隼人のことだと思うが、当時代では別の人種のように考えられているようだ。

新元号が『万葉集』の巻五にある八一五番から書かれる梅花の歌三十二首の前文の中にあるということなので、久しぶりに角川文庫『万葉集』（上巻）を本棚から引っぱり出し、読んでみた。大伴旅人の家に集まり、宴会を催した時、歌の題材を梅に採り、それぞれ三十二首の歌を詠んだ。季節は初春である。寒い冬を過ぎ、梅の花の咲くのは、まだ肌寒さの残る早春である。梅の花が散り、桜の花が開花する。ごく自然のことであるが、他のどの国々よりもすばらしい変化に富んでいる。万葉歌はその美しき日本という国土の中で生まれた。大和民族の魂《たましい》の歌であるといえる。古くから伝わる日本の民話や物語、また神話の中にわが国の国土の中でしか、生まれ得ないような美しく、すばらしい文化が形成されていった。

代表的なものの『竹取物語』は作者不明とされるが、南の島で自然発生した物語が定着していったと考える学者の先生たちの話を聞いたことがある。多分に鹿児島の喜界ヶ島辺り？　であろうと当時何かの本で読んだことがあり、いつか一度現地に行ってみたい衝動にかられたことがあるが、現在まで実現していない。

天照大神《あまてらすおおみかみ》の神話は日本国誕生の基礎であり、高天原《たかまがはら》の主神、皇室の祖神とされた。また日の神ともされた。鹿児島神宮から南を展望すると、すぐ南の近間に、日当山《ひなた》、桜島、遠方には鹿児島市を過ぎて、日置郡、日置市というように繋がっている。

要するに『竹取物語』は月への神望、天照神話は太陽への神望である。私の四代前の祖々父はその日置郡の中の日置という名字《みょうじ》であったが、分家して松山姓に変わった。このことについて、次の機会に文章にしたいと思っている。

『万葉集』は、日本という自然的に恵まれた環境の中で育まれた神話や物語、伝説と競合したり、あるいは祖として歌われたものと言っていい。

『万葉集』は歌そのものを読むだけでなく、その背景を考察することは非常に人々の心を豊かにしてくれるものと思っている。

元号の令和は、日本を代表する梅が題材である、歌三十二首前文の中より採られた。現代から約千三百年ほど前の天平の時代に梅が植えられていて、きれいな花を咲かせ、おそらく花が終わると果実を採取し、食していたであろうことが推測できて興味深い。

『万葉集』は、わが民族の心の歌である。そこには農耕民族の生活の様子も多く歌われ、恋愛あり、悲しみあり、労働の苦しみ、喜びがあった。

日本という国は単に国土が美しいとかではなくて、この国に住む民族の魂が清らかに美しく輝いていった。

日本国形成の時代には幾多の戦いも繰り返された。特に壬申の乱では大海人皇子（天武天皇）が六七二年の夏に反乱を起こし、飛鳥浄御原宮《あすかきよみはら》にて即位、日本の律令制度確立の端緒となった。

巻三　二四八

隼人《はやひと》の薩摩の迫門《せと》を雲居なす
遠くもわれは今日見つるかも

読み人は長田王《ながたおほきみ》である。

隼人のいる国の薩摩の瀬戸をずっと遠くに眺めることだ。この歌は九州大宰府の役人が近辺の旅行中にはるか南を眺めれば、あの勇猛な隼人族がそこに住んでいるんだなあ、と感慨を込めて歌ったものと思われる。

『万葉集』の中に出てくる隼人族は『広辞苑』によると、記紀伝説にみえる九州南部の蛮族「熊襲」と同じ日本民族で南方系の風俗をもつ人々。日本武尊《やまとたけるのみこと》の征討伝説で有名とある。しかし私は「熊襲」と「隼人」は違うと思っている。

よく今でも鹿児島の男子のことを薩摩隼人と言うが、「熊襲」とか、「隼人族」というと、

熊襲の住んだとされる洞窟　昭和 42 年 8 月写す

いかにも違った人種に思えるし、また万葉人もそういう思いであったのかもしれない。

　薩摩隼人は万葉の時代から明治維新に至るまで、いつでも勇敢であった。

　戦国時代、薩摩藩は他藩に一目おかれた存在であった。関ヶ原の戦いでは戦場において、勝ち目のない戦と見るや、一戦もせずに敵陣突破を敢行する。幕末における倒幕戦争では、西郷隆盛率いる薩長連合軍により江戸城を無血開城した。

　維新では陸軍大将・西郷隆盛は、明治天皇の巡幸に同行した。習志野の演習場では天皇の後ろを大きな体で必死について歩いたらしい。

　今の習志野は、その時西郷の部下であ

った陸軍少将・篠原国幹《くにもと》の行動が優れているのに明治天皇が感動し、何事も篠原に習えと言って、習志野《ならしの》という演習場になったそうだ。現在も習志野の地名で有名である。

（不破俊輔著『西郷隆盛その生涯』明日香出版社より）

『万葉集』に出てくる「隼人族」の歌を読んで、連想したことである。『万葉集』は、日本のすばらしい風土の中で生まれた。私は隼人族という言葉に興味を覚え、鹿児島の北部、霧島連山の高千穂の峯に登り、霧島神宮、日当山《ひなた》、鹿児島神宮と万葉の神話・伝説・昔話を求めて歩いた。昭和四十二年八月だった。

次ページ上の写真には二柱の石像が建っている。倭建命《やまとたけるのみこと》に征伐せられた隼人の墓とされる。後方に霧島連峰と霧島神宮。

下の写真の老人は当時八十歳。霧島きっての語り部である。隼人の話、天照大神、神宮にまつわる話と尽きることがない。

鹿児島県教育委員会の感謝状があった。

千二、三百年前の時代に隼人が飛鳥安居院の庭で舞を踊ったり、門番をしたりしていた。

熊襲の墓　天然記念物　当時の隼人日当山町にて　昭和42年8月写す

語り部の老人　霧島町にて　昭和42年8月写す

戦いの時は門を固めて守ったのであろう。そういう隼人を大和・飛鳥の万葉人は特異な人種と思っていた人が多かったようだ。

しかしながら、よく考えてみると何でもなく、立派な大和民族であった。気候、風土が、飛鳥地方と鹿児島日当山とよく似ているのだそうだ。また、万葉文化は遠く九州まで及んでいたのであり、大宰府から南を眺むれば隼人の文化が形成されていて、すでに飛鳥地方との文化交流があったと考えるのが自然である。

ただ地理的に遠いので、人の交流は少なかったのだろう。

前にも書いたが、『万葉集』は日本人の心の歌である。日本人の魂の歌である。また、生活そのものの歌でもあった。

四方を海に囲まれた「大和」は、外国との交流に乏しく、その分、大和の国独特の発展を遂げてきた。万葉仮名は日本独特の仮名文字であり、漢字の音調を借りて発展した。『万葉集』はこの万葉仮名で書かれているのだが、今日使われている仮名文字は、日本独特のものである。

春・夏・秋・冬の四季は、世界の中で日本が一番美しく、変化に富んでいるのである。日本の自然は季節ごとに変化し、四季折々の美しい風景を作り上げていった。その中で出来たのが『万葉集』であると思う。

『万葉集』は、そのような自然の中で万葉人の手によって美しく、悲しく、厳しく、やさしく歌われていった。

『万葉集』を読んでいると、その時の人々の心の動きがよくわかる。高貴な人たちが作った歌が多いと思われるが、一般庶民の日常の生活行動を歌ったものが非常に多い。

歌われている歌は、野山の木々や花を賞《ほ》めるものであったり、農作業の様子や狩りの様子、恋愛や死別、等々さまざまである。

日本という美しい風土の中の四季を強く感じることのできる歌を少々拾ってみた。

巻二十　四五一六　新《あら》しき年の始めの初春の
今日降る雪のいや重《し》け吉事《よごと》（大伴家持）

『万葉集』の最後を飾る大伴家持の作であり、雪に一年間の運勢をかけた歌である。

巻四　五二一　庭に立つ麻手刈り干し布曝《さら》す
東女《あづまおみな》を忘れ賜ふな（藤原宇合大夫《ふじわらのうまかいだいぶ》）

『万葉集』の中には農耕歌などが多く出てくるが、主として東国《とうごく》を中心に作られた歌に庶民の生活を感じるものが多い。『万葉集』の中で、「東歌《あづまうた》」といわれるものが、それである。
※「東歌」は常陸《ひたち》の国（茨城県）を中心としたものが多いように思えるが、上総《かずさ》・下総《しもふさ》の国（千葉県）をも含まれる。地名としての匝瑳《そうさ》市などは麻《あさ》の栽培が盛んであったと思われる。

○稔りの秋

巻二　八八　秋の田の穂の上《へ》に霧《き》らふ朝霞
　　いづへの方にわが恋ひやまむ（磐姫皇后《いわのひめ》）

○田植えの風景

巻七　一一一〇　斎種《ゆたね》蒔《ま》く新墾《あらき》の小田を求めむと
　　足結ひ出で濡《ぬ》れぬこの川の瀬に

巻二十　二九九九　水を多み高田《あげた》に種蒔《たねま》き稗《ひえ》を多み
　　擇擢《えら》えし業ぞわが獨宿《ぬ》る

右の二首は田植えの風景。万葉時代は苗床にモミ種を蒔き、苗を育て、移植するものであったと考えられるが、この二首は直蒔《じか》きの感である。

巻一　二〇
○額田王《ぬかたのおほきみ》の作れる歌
茜さす紫野行き標野行き
野守は見ずや君が袖振る

巻一　二一
○大海人皇子（天武天皇）の答歌
紫草《むらさき》のにほへる妹を憎《にく》くあらば
人妻ゆゑにわれ恋ひめやも

巻一　八
○額田王の歌
熟田津《にきたつ》に船乗りせむと月待てば
潮もかなひぬ今は漕《こ》ぎ出でな

一般に親しまれている有名な歌は他に限りなくあるが、ここでは今年二〇一九年五月一日から「令和元年五月一日」と元号が変わり、天皇も代替わりした。令和の初年は、新しき日本国の出現であり、スタートであるような気がする。改めて日本の古典文学に代表される『日本書紀』、『古事記』、神話物語、伝説などを読んだり、また発端の地を歩いてみたいものである。『万葉集』を作って残してくれた万葉人に感謝して。

書くことの喜び

長年、夜は布団に入ってから、本を読まないと眠れなくなっている。それが昭和四十四年、長男が生まれてから続いている。

すっかりクセになってしまっているのだが、毎日読んでいる新聞記事や、毎晩布団に入ってから読んでいる単行本は構成や目的、内容も違うから読むのであろう。

だが、「自分だったら、こういう内容の記事にするのに」とか、「この本は難しい用語や漢字を使いすぎる」とか、考えながら読んでいる時もある。

その道で生きている人たちの書いた文章の中に見る構成、目的、表現力を自分なりに習得できることは、実に楽しいことである。

本を読んでいる時は、読み手の私も、書き手の先生や小説家と、同じ位置に立っている。このことは、読者は皆同じであろう。

近年はテレビやそのほかの電波の普及により、「書く」ということは非常に少なくなってきている。なにも鉛筆を取り出して書かなくても、ワープロやスマホが書いたり、漢字や用字用語すべてを教えてくれる。だから文字の間違いはまずない。

だが、本を読んでいると、時々漢字の間違いに出くわす。これは機械が文章の意味を間違って拾った結果であろう。

今から二十三年くらい前であろうか。以前勤めていた某新聞東京本社の編集局校閲部に、部長のS氏を訪ねたことがある。なんの要件で会いに行ったのかは思い出せない。彼は私が現役の頃、一緒に仕事をした仲間である。

三階の編集センターに入ってまず驚いたのは、部屋が実に整理整頓されていて、紙くず一つないことだった。それに、私がまだ勤務していた頃は、校閲部だけで百三十人を擁していたと思うのに、実に四分の一くらいの人数になっていた。

文章校閲の機械化が進み、人が不必要になったことと、合わせて合理化が進んだことが理由だとS氏は話してくれた。百三十人いた人たちの大半は取材記者に回ったり、一部退社もあったようだ。

現役の頃、S氏たちと徹夜で勤務し、新聞見出しの文章と記事内容の話を論じたりして、泊まり勤務したことなどを思い出した。懐かしいひと時であった。

新聞記事のこと、文字と文章、見出しのこと……過去のニュースのいろいろについて、思い出を綴ってみようと思う。

日中国交再開の際の田中・周会談、ニクソン・田中会談などの時は、私の友人でもあった当時政治部のT記者が同行していた。彼は在京記者団の団長で、記者団専用機として日航機を別便で飛ばしたことなど、思えば実に懐かしい。このことはまた別の機会に書くことにしたい。

あさま山荘事件や、ケネディ大統領暗殺事件などは、世界中の人々を恐怖の中に陥れた。あの時はまだ幼い子どもだったキャロラインちゃんが、駐日アメリカ大使として日本に赴任、広島原爆ドームを訪問したことは、実に感慨深いものがあった。

ベトナム戦争の記事を毎夜校閲したこと、夜現地から原稿が届くので、いつも作業が終わるのは夜中。つまり十三版の刷り降ろしや打ち込みであった。そのベトナムが、今や急激な経済発展を遂げつつあるのには目を見張るものがある。中国、韓国、ミャンマー（ビルマ）、タイ、カンボジアなどは、日本に追いつき追い越そうとしている。

当時の新聞は二版から五版までが夕刊紙、十二版から十五版までが朝刊紙の記事であった。刷り降ろとは印刷直前に原稿が出て鉛版や、輪転機の前で校閲をすることである。

読書好きな少年

文章を読み、書いてみたいと思うことは、その人の思いや考え方を表現し、発表することである。それはプロの書き手、評論家だけでなく、ごく普通の人であっても思いは同じであろう。

私が読書に親しみを持ち出したのは、小学四年の時である。雨の日の体育の時間は校庭が使えないので、教室で読書の時間となった。

当時の教頭が、物語の本を読んで聞かせてくれた。全員が教頭を囲んで輪になり、物語を聞くのである。最初は騒々しく感じたりしていたのが急に静かになり、皆物語に聞き入った。本の内容も面白いし、ましてや教頭の読み方が上手だったからだ。

それからと言うもの、読書の時間が楽しくて待ち遠しくなっていた。これが私が本の面白さに取りつかれた第一期だったと思われる。

私が育ったのは、鹿児島の南薩摩地方と呼ばれるところだ。今は「南さつま市」と言っているが、鹿児島市と境を分かつところに位置する静かな田園町である。
当時は交通の便も悪く、書店もなかった。そこで母親にせがんで、毎月『太陽少年』という少年向けの雑誌を、隣接する谷山市内の書店に取り寄せてもらっていた。

第二期は、高校一年の国語の時間に始まる。担当の教師が詩や和歌に造詣が深く、私もこの時間がいつも楽しみだった。この時に覚えた石川啄木の短歌は、今でも二十首くらいはスラスラと口ずさむことができる。
その後も書店で見つけた啄木の数少ない小説を買い、思い出しては読んでいた。だが、何回か引っ越しをするうちに行方不明になってしまった。今でも書店で気にして探してみることはあるものの、見つからない。

こわれたる電車はあれど吾子はなし
　吾子は世になし電車はあれど

ふる里の山に向ひて言ふ事なし
　ふる里の山はありがたきかな

働けど働けど猶わが生活《くらし》楽にならざり
ぢつと手を見る

ふるさとの訛《なまり》懐《なつか》し停車場の
人ごみの中に噂《そ》を聞きに行く（噂《そ》はうわさのこと）

君来むと言ふに夙《と》く起き白シャツの
袖のよごれを気にする日かな

大木の幹に耳あて小半日
堅き皮をばむしりてありき

書き続ければきりがないほどのいい短歌があるのに。

（石川啄木の歌）

第三期は高校を卒業して、進学も就職も決まっていない時だった。なんの用事で学校に行ったのか定かではないが、職員室に顔を出したら運動部担当の教師が、「おい、松山。もう就職は決まったのか？」と言う。

私はその時点で大学進学か、就職か、なに一つ決まっていなかった。

「まだだ」と言うと、同じ鹿児島市内の薬品卸問屋を紹介してくれ、「ここに行け」と言う。

行ってみると、その会社の社長は明治薬科大学卒業の薬剤師で、たまたま私の家のことをよく知っている人だった。

なんと私の大叔父たちが、昔この社長の家に下宿していたという。大叔父たちはそこで旧制の学校教育を受け、七高や東京の学校へと進み、医者や教師への道を進んだ。私は感慨深いものを感じた。

というわけで、私はその会社に就職し三年勤めた。その間に、当時十万円くらいした会社の株も取得。二年目からは出張員として県内の郡部から宮崎県まで、開拓要員営業マンとして奔走した。

毎日単車のメグロ２５０ccに乗り、全身に埃をかぶり、夜は行きつけの出張員旅館に泊まった。夜、会社に出張員報告を済ませて就寝すると、あくる日もまた同じことの繰り返しである。

年も若かったせいか、いつしか、「こんなことをしていていいのか?」という疑問を感じるようになった。仕事が面白くなくなっていたのだ。

仕事の途中、峠道で単車を止め、周囲の山々や自然を眺めていると、さまざまなことを思い出す。時には、途方もない夢を追ったりした。

単車に寄り掛かりながら、自己流の詩や短歌を作ってメモし、出張から帰社した夜など「思いのままに」と名付けた日記帳に転記したりして、悦に入っていた。

その時に単車にもたれて作った歌

「早春」
長い長い冬は過ぎた
遠い遠い所に去ったのだ
木枯らしの形跡も、霜柱のはりも
すっかり消えてしまった
そして今、新緑の匂う春がやって来たのだ
春、春、春——春こそ自然の楽園だ

やっと今、芽をふき始めた
峠の路傍に今、自分はいる

今までやみにつつまれた、桜、松、椎
そして菜の花畑も、パッと夢から覚めたように、
早春の空気を胸いっぱいに吸い込んでいるのだ
近くの繁みの中から
うぐいすの美しい独唱が聞こえてくる
そして　もうすぐ——
桜の花でうずまる
峠の路傍に今、自分はいる

昭和三十五年三月「高隈《たかくま》峠にて」

日記帳「思いのまま」より転記す

高校卒業の頃は、非常に多感な時期だった。国立の鹿児島大学を受験したいと言ったら、

父が担任の先生に聞きに行った。すると、「こんな成績では、とてもだめだ。それにどこの大学を受けても合格しない」と言われ帰ってきた。

私は父親に散々小言を言われたものである。高校の三年間は、勉強らしいことをしていないのだから仕方がない。

高一からサッカー部に入り、卒業までボールを蹴ることばかりしていたように思う。そのおかげで、県大会ではいつも優勝していた。

でも卒業前の最後の試合だけは、そうは行かなかった。鶴丸高校に敗け準優勝で終わり、悔しい思い出である。

しかし、第十二回国民体育大会静岡大会に出場した。サッカーの会場は、藤枝市で行われ、山梨の強豪、韮崎高校と対戦し、延長戦で1対0で負けた。当時、九州より外に一歩も出たことのなかった私たちが、国体の帰りに東京に出て、青山学院高等部のサッカー部と試合することになった。この試合は確か勝ちであった。

また明大サッカー部とはナイターで、明大八幡山サッカー場で試合をした。もちろん私は明大のゴールキーパーとして参加。明大のキーパーが、わが方のキーパーをしてくれた。それは明大の推薦入学へのアプローチでもあった。

同級生の一人が明大に入学した。当然私も監督に誘われた。でも、明大にサッカー入学して、八幡山サッカー場の合宿所に入寮、朝夕サッカー三昧は気が進まなかった。それに当時のわが家には、東京の大学へ行かせてもらえるほどの経済力はなかったのだ。また、私は県大会の最終戦は左足関節を傷め通院中で、全試合出場はできなかった。

新米社員の頃

この頃の私は、自分自身が何をしようとしているのかさっぱり分からなかった。ただただ、悩んでばかりいて、身を持て余していた。

仕事をしてもちっとも身が入らず、面白くない。これではいけないと思い直した。東京へでも出て就職するなり、大学へ行って勉強し直すなりしようと、真剣に考えるようになっていた。

その頃ほかの薬品関係の会社から、N君という、私より三歳も年上の営業部員が入社してきた。私は年下で営業経験も実に乏しい中、毎日営業に走り回った。

鹿児島の最南端・佐多岬のある佐多町から根占《ねじめ》、大根占、鹿屋、垂水《たるみず》、桜島、大隅、志布志、都城、日南、宮崎までを二泊三日で回る。薬の受注のため、開業医と病院を回るのだ。

三日目の夜に帰社すると、一日置いてまた出張。加治木、帖佐《ちょうさ》、蒲生《がもう》、国分、隼人、日当山、霧島、横川、吉松、宮崎・京町、小林、大口、伊佐と回り、帰社する。

そのため、鹿児島の地方郡部はすべて覚えてしまった。これが遊びなら楽しいのだが、仕事となるとそうは行かない。営業マンの仕事は受注することにあるから、大変である。

N君は、経験の少ない私にいろいろなことを教えてくれた。一言で言えば、非常にかわいがってもらえたように思う。なにかと悩んでいた時など、N君は親しみやすい兄貴のような存在であった。

自転車で錦江湾を一周

ある日、N君と二人で話している時、話が弾んで「自転車で錦江湾を一周しよう」ということになった。朝早く鹿児島市内の会社を二人だけで出発して、まずは薩摩半島の錦江湾岸を南下。谷山、平川、吾位野《ごいの》、中名《なかみょう》、喜入《きいれ》、二月田《にがつでん》、指宿《いぶすき》、山川と行く。山川港より船で対岸の大隅半島の佐多港に自転車ごと積み込んで渡ることにした。

その夜は佐多伊佐敷の港にあった永峰旅館に一泊し佐多岬を見物、北上する計画を立てた。

昭和三十五年五月、その計画を実行した。

薩摩半島の側の錦江湾沿いは海がきれいで、魚が泳いでいるのが透けて見えるほどだった。

その後、石油備蓄タンクが出来たりして、いささか景観を損ねているが、錦江湾岸は今でも南九州一の景勝の地である。

途中の池田湖は、湾岸より少し内陸に入るが、昔からウナギの養殖が盛んであり、また美しい湖である。

池田湖から最南端にある開聞岳は「さつま富士」とも言われ、実に美しい。開聞岳の裾野の一部は海岸に突き出ていて、波に洗われて白い飛沫をたてている。対岸にある長崎鼻と合わせ、霧島錦江湾国立公園の一角を占めている。

朝六時半に鹿児島市内を自転車で出発してから、九時間近くを費やしてしまった。山川港に戻り、対岸の伊佐敷港まで自転車を船に積み込み渡ったわけであるが、対岸に着いた時にはもう暗くなっていた。

その夜は旅館に一泊したが、二人とも疲れ果てていて、会話もできないほどであった。

あくる朝は、また自転車で大隅半島を桜島まで北上して、鹿児島市内へ帰るのである。

早朝七時に旅館を出発、最南端の佐多岬に着いた。岬から南の海を眺めると、はるか遠くに島々がわずかに見えた。あれが当時私が、竹取物語の発祥の地と勘違いしていた「竹島」かもしれないと思った。

鹿児島の南の島々には、民俗学的にも貴重な、未発見の物語が、まだ眠っているのではないかと、今でも思っている。

奄美大島は、奄美群島国立公園の中心を成している。昭和二十八年十二月二十五日に日本に復帰してから、今日まで経済の発展も遂げてきた。

種子島は日本の宇宙開発の要地で、ロケット発射基地でもある。また、大隅半島にある内之浦は宇宙観測所もあり、賑わっている。ここは小型ロケット発射基地でもある。

佐多岬を出て、根占、大根占、鹿屋、垂水、桜島まで来ると、溶岩道路をちょっと入ったところに林芙美子の文学碑があった。林芙美子の母親が故郷で働いていた時期、彼女も住んでいた。

花の命は短くて
　苦しき事のみ多かりき……

文学碑にはそう歌われていた。

私たちはと言うと、林芙美子の文学碑の左右に二人とも座り込んでしまって、しばらくは動けなかった。

朝から自転車に乗ったり、押したりして、やっとたどり着いた。もうここまで来ると、目指す鹿児島市内はフェリーに乗ればすぐであった。

一息入れて、桜島桟橋から船に乗り、鹿児島市内に帰り着いた時はすっかり夜だった。

こうして五十四、五年も前の思い出を書いていると、つくづく若かりし頃が懐かしく思い出される。もう一度行ってみたい気持ちになるから不思議である。

東京へ

昭和三十五年五月に、急行「きりしま」に乗り、東京へ出てきた。東京都世田谷区に親類があり、まずそこを訪ねた。前にも少し触れたが、わが家の祖先は私より四代前から松山姓を名乗っていた。各代の長男だけが家に残り、次男以下はそれぞれ分家独立している。俗に言う鹿児島県士族であり、五代前までは、島津氏の分家、日置氏の流れを汲む日置姓であるとされる。

私の曾祖父・松山四郎助は男の子が四人もあり、その一番上が惣右衛門、二番目が林兵衛、三番目が嘉一郎、四番目が常右衛門である。

三番、四番目が東京の大学へ進み、東京に居着いたわけである。三番目が東京医科歯科大学、四番目が明治大学へ進み、その子孫がまたいる。

考えるに、明治の初期・中期から大正時代にかけて、鹿児島の片田舎より上京し、勉学や仕事にいそしんだことは尊敬に値する。

と言うわけで、私が文章を書くことの面白さに取りつかれたのは、主として東京と鹿児島における便り、つまり手紙を通じての父たちとのやり取りをした時期であった。


東京では世田谷区桜ケ丘にアパートを借りて住んでいた。本を読んだり、予備校へ通ったり、職安へアルバイト先を探しに行ったりの毎日であった。妹も鹿児島の高校を卒業して東京へ出て来たので、二人で一緒に住んだ。妹は、日本橋の某会社に入り、コンピュータ入力のデータを処理するキーパンチャーの仕事をしていたが、その後、大手町の某原子力工業でキーパンチャーとしてデータ入力の仕事をしていた。私、妹、後の妻と三人でビルは違うが、歩いて二、三分の所で働くようになった。

ここでは、東京という大変な所に出てきて生活が始まっていった。

私は、東京に出てきて再度大学へ通い、教員免許を取って鹿児島に帰り、国語教員になるつもりでいた。この考え方は、自分にとっては最もピッタリと合っていたように思う。当時父のすぐ下の弟、またその下の弟、その下の妹の亭主と、三人の叔父たちがそろって公立校の校長をしていた。従姉妹たちにも教員が多かったりして、ごく自然に私もそういう気になっていた。

しかし、二年、三年と経過する中で、人に教えると言うことよりも、自分自身で文章を書いてみたいという思いになっていた。

大学受験は、目指す大学には失敗した。そのはずである。勉強をろくにしていないし、高校を卒業してからブランクがあり過ぎた。だが結局、K大学文学部に籍を置くことができた。ここで古典文学を学び、『万葉集』や『源氏物語』を読んでいると、自分が作者であり、主人公であるような気持ちになったりした。

東京・新宿では、紀伊國屋ホールで金田一京助博士の「石川啄木を語る」という講演があり聴きに行った。当時は友だちだった妻とともに聴いたことを思い出す。それによると

石川啄木は岩手県日戸村の寺に生まれた。生後まもなく父が渋民村宝徳寺住職になり、

渋民村に住む。

文才に優れていたことは言うまでもない。啄木は中学を退学している。ある時、数学の教師より試験の成績の悪いのを咎められた啄木は、「文学に数学は必要ない」と言って、学校をよしてしまったのである。（金田一京助講演より）

彼の作品は以後、中央文壇で次々に発表されていった。

しかし、相変わらず彼の生活は苦しかった。当時、詩《うた》は金にならなかったのである。さらに彼の作品はいろいろな作品集となったりしたが、結局金にならずに終わった。

啄木は一度上京していたが、結局また渋民村にたどり着き、小学校の代用教員をした。

ここで彼は自分の生涯は子どもたちに教えることにあると思ったのである。

子どもたちが大きな目を据えて啄木の話に聴き入る時、啄木はもう夢中になって教えたらしい。学校では特別に啄木の時間が組まれ、全生徒に教えたほどであった。

しかし学校のストライキ騒ぎに巻き込まれた啄木は、自分は結局退職させられるであろうと早合点し、そそくさと退職してしまった。事実は、校長の更迭であったらしい。

安い給料（七円）ではあったが、一応安定しかかった啄木の生活はまた、どん底に落ちたのである。

啄木は函館の日々新聞に就職した当時、奥さんと娘の京子の親子三人での生活である。

ここでも啄木は喧嘩騒ぎを起こした。

　この後小樽に辿り着いた啄木は、ここでは土地の芸者たちにモテた。しかし啄木の生活は、妻子と両親を養うため、切り詰められた生活の中にあって、なお交際は広いというようで、実に困ったらしい。

　結局、啄木は最後にまた東京に出て、金田一京助氏と下宿をともにして文筆に取り掛かった。だが、金にならない。当時、室代を滞納するほど大変だったらしい。金田一博士の持ち物を質に入れるやらで、惨憺たるありさまであったという。下宿も、金田一氏とともに二回替わっている。

　生活に追い詰められた啄木は、自分から朝日新聞社に入社を頼み、佐藤天心という、当時「新聞の神様」と言われるほどの人物に拾われた。校正・校閲に従事しながら、啄木自身の思想を深めていった。

　晩年啄木は、その生涯に花を咲かせるように思えたが、病に倒れた。仕事に熱中しすぎたのと、母の肺病がうつっていたのである。

　啄木は小石川弓町で死んだ。実に貧しい生活の中で――若山牧水と金田一京助氏の二人と対面したる後において。

　死ぬ前の啄木を訪れた金田一氏に向かい、啄木は骸骨のようになった体に目だけを光らせ、「米の飯を食いたいが、金がない」と言った。金田一氏は辞書出版の礼金から十円を貸してやったら、奥さんと啄木は涙を流し喜んだそうである。また金田一氏も泣いたそうだ。

（昭和三十九年五月二日　日記帳「思いのまま」より転記す）

この時期の私はいろいろなことに思い悩み、自信をなくしたり、物思いに耽ったりの日々が多かった。同時に、がむしゃらに本を読んだり、思いのままに雑文や手紙を書いたりした時期でもあった。

K大学文学部に籍を置き、教員免許取得を目指していた私である。四年で卒業するところを五年かかった。「国語学演習・二」という国文法の2単位を落としてしまった。そのためにさらに一年留年した。

卒業生はやがて、全国の学校に散っていく。大学側としては、古典文法の解釈や文法そのものを使いこなせなくては、わが校の恥であると思う一念であろう。まったくその通りである。

一科目の必修科目、たった2単位だけの不足であったが、私はそのことに何の不満も感じなかった。それどころか、これでよかったと思っていた。ほかに古典文学の『万葉集』や、『源氏物語』などやりたいことがいっぱいあったからである。

卒業は、教員免許付きで実現した。四年卒業を一応考えていたわけであったが、すでに年齢は二十七歳になっていた。高卒時から約三年して大学を思いついて入学し、さらに一年留年しているので仕方のないことであった。

私には当時付き合っている女性がいて、大学卒業と同時に結婚式を挙げることになっていた。だが、留年になったので大変であった。

結局、その年の八月に妻の姉が鹿児島で一人奔走してくれ、結婚式を挙げた。式当日の披露宴で顔合わせをしてみると、両家とも学校教員仲間であったりして、まるで同窓会のようになった。

K大学では、高崎正秀先生の夏期講習を、妻同伴で聴いたりした。振り返ってみて、この時期は実に楽しかった。

教員免許を取得したが、教員にもならず、教壇に立ったのは教育実習の三週間だけであった。

最後の授業の終わりに反省会があり、確か十五人ほどいた教育実習生の中で、私が一番教え方がよかったと、担当の国語教師から褒められた。『万葉集』の解釈が、実に的を射ていたということだ。担当してくださった先生は、当時、都立荻窪高校の国語教師だった。

本来は鹿児島に帰省して教師の道を進むべきところ、私は結局東京に居残って、文章に向き合う仕事を模索し始めていた。

教師は、学校教育指導要領に基づく教育を子どもたちに教えるようになっている。このことは、やる気十分な教師にとっては、物足りなさを感ずるのはやむを得ない。私には、型にはまった教育指導はできないと感じた。

国語教育は、教える側に多少の個人差が出るし、また出てもしかたがないと思っていた。しかし学校教育指導要領は、その解釈の仕方に一定の線引きをしているようであった。このことは、日本語の難しさ、文章を理解する力、言葉の表現をどう受け止めるかにある。どんな受け止め方をしても、間違いではないと思うのだが、やはり日本語の難しさであろう。

毎年、新聞紙上にその年の高校国語の入試問題が発表されるのを読んでいる。私は時間内に回答を書くことさえできない時が多い。

問題を読んでいる間に、時間だけが過ぎてしまう。

国語問題の設問の仕方や、内容はもう少し工夫が必要であると、つくづく思うのである。

国語は日本人のすべてが身につけなくてはならない言葉の習得である。

新聞社にて校閲記者の仕事

S新聞社に就職したことは、私のそれまでの生き方を大きく変えることになった。編集局校閲部というところは各取材部門とは違って、一見地味だが、仕事は実に忙しくきついところだった。各セクションで取材された原稿が、全部校閲部に流れてくる。ベルトコンベヤーに乗って流れてくるのだ。

新聞社の編集局は主として、取材部門の政治・外信・経済・証券・社会・芸能・スポーツ・文化・文芸・ラテ（ラジオ・テレビ）と大きく分かれている。私の勤めていた社は、そのほかに別会社組織の夕刊紙・工業新聞・スポーツ新聞・競馬新聞・リビング誌などもあり、さらに依頼原稿などもあった。

ひとたびベルトコンベヤーが動き出すと、校閲センター（後に編集センター）内は大忙しとなる。校閲はたいてい二人一組で、原稿の読み合わせが行われる。一人が原稿を音読し、間違いや誤字を赤ペンで直していく。もう一人は原稿をチェックしながら見ているのである。このほうが間違いなく校閲できるからだ。

校正と校閲は少し違う。校正は原稿通りに正しく印字されているかをチェックし、原稿を直していく。それに対して校閲は、誤字があればそれを直し、さらに原稿の間違いを直す権限を持っている。依頼原稿においては、手を加えることは原則的にできない。その作者に了解を取り、修正していく。

俗に言う編集センターは、整理部と校閲部の集合体である。整理部は、取材原稿に見出しを付け、それを整作局の三階工場で鉛版に組み込んでいく。これは整作局鉛版の担当者と二人で紙面を組み立てていく仕事だった。

忙しいシーズンのスポーツ紙担当にでも当たると、校閲記者、整理記者ともに大変である。運動面担当者はナイターが始まると、原稿の差し替えが絶えず出稿されてくるので、机に座って考えたり、書いたりする時間などない時が多い。プロ野球の担当記者は現場の球場で取材し、原稿を書き、原稿連絡員の単車に渡す。本社校閲部に届いた原稿は即座に校閲され、整理記者とともに、大組みに立ち会い、輪転機に回る。印刷された新聞は、即トラックに積まれ、駅や各販売店へと届ける。

朝刊紙の担当は、いつも夜中の仕事である。深夜帰りと言って、本社からチケットを使ってタクシーで帰宅する。

このことは、どの紙面においても同じだった。だが、なにか事件が起きたり、大きなニユースが飛び込んできたりすると、編集センター内の動きが一度に変わるのである。

日本社会の変革期

私がいた頃の大きな事件や、気になる事件は数えきれないほどある。その中のほんの一部を拾い上げてみよう。

学校の勤務評定というものが始まり、日教組や教育委員会などの話題に事欠かなかったこと。この問題は簡単に言えば、学校教師の一人一人に、これまでなかった評価をして、質の向上を図るというものであった。

現在では勤務評定は民間事業所において、査定、能力主義等のもとにおいてあたりまえであるが、当時は年功序列の制度が大半であった。

また学校では、生徒たちが教師を殴るなどの騒ぎをたびたび起こしたのもこの頃である。大学では、全学連などの学生運動が盛んになり、革マルなどの学生過激派が事件を引き起こした時期でもあった。有名なのは、成田空港闘争。空港建設に反対する地元の農家に対し、過激派学生の一団が参加し気勢を上げた。今でもその流れは、尾を引いているようである。

日米安保条約改定では、昭和三十五（一九六〇）年六月十五日、日比谷デモで東大生の樺美智子さんが亡くなった。亡くなった樺さんはデモに参加した運動家であったかどうかは今記憶していない。

とにかくこの時期は大変だった。ここに綴る出来事は前後しているが、ある意味では日本国の変革期であったと言えよう。

なんと言っても昭和の大事件として記憶に残るのは、昭和四十七（一九七二）年二月の連合赤軍による「あさま山荘事件」だ。四十七年前、十日間もの戦いとなったこの事件は、連日テレビで中継され、新聞紙上を賑わした。

昭和四十五（一九七〇）年、三月三十一日の共産主義者同盟赤軍派による日航機乗っ取り事件では、当時九人の若者が北朝鮮に亡命した。この事件では当時国会議員で、運輸政務次官であった山村代議士が乗っ取り機に同乗し、北朝鮮に行き、乗っ取り犯を亡命ということにして受け入れてもらったという記憶があるが、今ではハッキリ覚えていない。

テルアビブ空港銃乱射事件などは日本赤軍派の学生たちが中東諸国へ運動を展開して行った時期でもあった。

昭和四十八（一九七三）年七月二十日も日航機の乗っ取り事件があった。夜十一時頃であったと思うが、校閲作業をしていると、ベルトコンベヤーで飛行機乗っ取りの原稿が流れて来た。この時間帯は校閲作業の最も忙しい時間帯であるから、初校原稿は二人一組の読み合わせ、早読《はやよ》みである。

乗っ取り原稿を読んでいたら、乗客名簿の中に自分の従姉《いとこ》の名前が出てきた。同姓同名は記事としてよくあることなのだが、気になるので原稿に書いてあった家族待機場所の羽田空港の日航ホテルに電話してみると、飛行機に乗っているのは間違いなく従姉であった。ホテルには、従姉の父親で当時鹿児島市内の小学校長をしていた私の叔父がすでに来ていて、電話で話すことができた。ヨーロッパ旅行で日航機に乗り旅行中に過激派による飛行機乗っ取りにあいドバイ空港に強制着陸させられた。非常に心配そうであったが、当夜、私は仕事中だったので、電話だけで済ました。この事件は無事に解決し、乗客乗員全員が解放された。身代金四十億円を支払っての解決だったようだ。今から五十年前を振り返ると、大半のことはすでに忘れてしまっているが、やはり大変な時期であった。

しばらくして日本経済が少しずつ上向いていく中で、平成の初期にはバブル経済なるものが国全体を包んでいったように思う。土地の値段が上昇し、高層ビルが次から次へと建設された。もちろん給料も上がったのだが、物価も上昇した。新聞、テレビを中心とするマスコミも連日、景気の良い話ばかりで、物事《ものごと》の本質を追究しようとしない。日本経済がバブル経済であることに気付いていなかったのだろうか。今考えると、実に不思議である。

平成三、四年頃になると、バブル経済が弾けていき、景気低迷期に入っていった。近年になり、少しずつ回復の兆しが見えるが、本物であるかどうかは、未《いま》だ分からない。マスコミは、その報道において物事の本質を正しく捉《とら》え、正しく国民に伝える責務があるのだから。

話は前後したり、横道にそれたりで要領を得ないが、少しばかり新聞校閲の話をしてみたいと思う。もちろん、私が実際に校閲作業を行っていた時のことである。今から四、五十年前の話であるが、その後、新聞編集体制がコンピュータ機械化により大幅に改善された。このことは前に書いたが、基本的なことは変わっているとは思えないので、ここに書いてみることにした。

新聞記事の見出しについて

見出しの大きさは記事の内容、つまり重要度によって決まると思われる。見出し文字の大きさは一文字活字の倍数によって決まるのだが、1面トップ見出し、経済面トップ見出し、また社会面トップ見出しなどの見出しの大きさは七倍活字から四倍活字であり、袖見出しで三倍、四倍となる。

見出しに書かれる内容は、本文記事のリードの部分、または書き出し十行目くらいまでの記事内容から取るのが普通とされていたらしいが、私が校閲部にいた頃、そうでない見出しが多くなっていた。一番良い見出しというのは、新聞原稿の書き出しから一枚、二枚目辺りにないと、良い見出しとは言えないのだろうが、原稿を書く取材記者に力がないと、良い見出しは書けないというのもまた、事実であろう。

一般的に、見出しと記事内容は一致しなければならない。漢字の間違いは、整理・校閲でチェックすればさほどの誤字は防ぐことができるが、記事内容に出てくる数字を伴う見出しについては、まず悩まされる。記事そのものに間違いがあれば防ぎようがないが。新聞は三十分から六十分の間に、原稿の読み合わせ校閲から印刷まで終わらせなければならないのだから、非常に忙しい仕事である。校閲部の初校はどんなに忙しい時でも各版刷りの三十分止まりというところである。その間に誤字や記事内容のチェックを行い、大刷りで更に見出しのチェック、内容のチェックを行い、印刷へ回る。

ケズリについて

今ではめったに見なくなったが、誤字見出しのケズリ、内容記事のケズリが結構出たものだ。五倍、六倍、七倍見出しの一字ケズリが出たり、記事内容のケズリに多いのは社会部出し原稿の死亡事故、事件記事。経済部出し原稿の金銭を伴う数字原稿、芸能・ラテ面のテレビ番組タイトル、出演俳優、女優の名前など大変である。

新聞の場合は、毎日の新しい記事が読者に届くわけだから、ニュース面の校閲は一発勝負である。

夕刊、朝刊で原稿出稿から校閲を通過し、輪転機に乗り印刷する。印刷された新聞は、包装され、配送される。

ケズリというのは、時間ギリギリの突っ込み原稿であったり、内容の記事と見出しが一致しないものを手直しする時間がなくて、輪転機上で新聞記事になる前に活字そのものを削り取る作業である。この作業は輪転機担当の責任者が、校閲担当記者立ち会いのもとで行われる。当然配送される新聞は削り取った所だけ文字がなくなる。

夕刊の最終版、朝刊の最終版では手直しされた記事と見出しが出来上がるのだが、早版《はやばん》では間違ったままで通過することがあるのだが、やむを得ない場合もある。

例えば火事現場で取材記者が記事を書き、出稿する時、大きな火事現場では火事は進行中であり、何人死んだり負傷しているのか、確認ができないことが多い。それでもニュースは一刻を争って読者に知らせる必要がある。取材記者の腕の見せ所でもあり、正しい判断が求められるわけだが、こういう時の誤人数の問題は取材進行中の記事であり、刻々と変化する中での数字と見れば、当然起こり得るものといえる。

今、新聞、テレビを賑わしている年金不足に関わる老後資金二千万円の問題などは、最初から金融庁の発表した数字であるので問題はない。ただし、この二千万円が三千万円とか、違った数字で紙面に出ると大問題になる。担当記者は出稿記者、整理記者、校閲記者のいずれかが間違いに気付かなかったのであるから、始末書ものである。

このニュース記事は興味があるので、テレビニュースを見ているが、金融庁や財務省の方に問題が多くあるように思われてしっくりしない。新聞記者やテレビ視聴者が、しっかりと国政を監視していかないといけない。

我々が若い頃には、新聞は社会の公器であると厳しく教えられ、新聞、テレビのニュースなどは真実をそのまま伝え、記事内容は読者が判断する。と、いうのが基本的立場であったと思うし、今でもそう思っている。しかしながら、近年は少しずつその形態に変化が見られ、記事内容や、報道内容などに対する判断が書き手に誘導されるようなケースが見受けられる。

論説面のような記事は、その社の考え方を代表するものであるから、当然、社の考え方を代表する主張であるべきである。

思うに、十八歳から選挙権が与えられ、国政に参加できるようになった。二十一世紀をリードするのは若者たちである。この国の発展は一般庶民の幸せが約束されるものでなければならないと思うのである。

話は脇道に逸れたが、新聞校閲の中で一番やっかいなのが、野球記事の中で必ず出てくるその日の試合の内容に関する記事。一人一人の試合の内容が細かく記載されているテーブルといわれている四角の囲み記事というより、その日の選手一人一人の成績を記載した数字の表のことであるが、これが非常に面倒である。縦横の数字を間違いなくチェックしていくのである。

読者が新聞で野球面の成績を見る時、一番最初に見るのが、この囲みの数字である。誰が何本安打を打ったとか、ホームランの本数や失策（守備側の選手の失敗）、三振、全て分かるのであるが、野球記事は記者の評論より、一番大事なのは、この囲み記事の数字の記載にあるわけだから、記載内容に間違いがあってはならないのである。

野球記事のその試合の結果を記す囲み数字について書いたが、スポーツ面は数字の細かいチェックである。数字そのものが、その日の試合内容の結果であるから見出しとして使われる。例えば、「巨人、ヤクルトに辛勝」とか、数字が内容を評価していくのが、スポーツ面である。大相撲の星取り表などは代表的なものである。

俗にギャンブル面といわれる「競輪・競馬・競艇」においては、書き手の取材記者も熟練された書き手でなければ、記事など書けないが、整理・校閲も同じようにベテランでなければ、校閲はできない。つまり記者も選手と一体化された中で記事が出来上がり、読者に提供されていくのである。筆者の自分も東京競馬、中山競馬と大きなレースはよく観に行ったものだ。

当時人気競走馬の一頭、ハイセーコーは自分の好きな馬であったし、妻は、タケホープのファンであった。中山競馬場の緑の芝生の上で、妻が作ってくれたおにぎりを食べながら二人でレースを観たりしたことは今に思えば懐かしい思い出の一つでもある。

私自身が校閲記者の頃、一時期上司ともいうべきキャップを勤めていたO《オー》記者は、もともと競馬担当のベテラン取材記者であった。私の班長さんである。お陰さまで競馬のこと、良い勉強になった。

新聞が取材から始まり、読者の手に届くまでのことは意外と知られていない。と言うより、その過程については、読者にとっては関心がないのかもしれない。

今、こうして新聞とは何であろうかと考えてみた時、やはり文化交流の媒体であり、一般的知識の吸収の場であり、日本人の物の考え方や生き方を知ることであるし、美しい日本という国の言葉や言語を覚え、発展的に世界に知られることのできる教科書である。

ある記事から

昭和四十年代のその日、夜十一時頃新聞原稿の校閲作業を二人の読み合わせでやっていると、社会部から原稿が流れてきた。

鹿児島大学某外科において、心臓手術成功の記事が出たのである。心臓手術については、札幌医科大学の和田教授によるものが日本で初めての事例で、成功していた。つい三カ月ほど前のことだったと思う。和田教授は、後に、日本初の心臓移植手術を行っている。

そして心臓手術の二回目の成功は、鹿児島大学であったと思う。三回目の成功記事も、同じ鹿児島大学の某外科であった。筆者の私はたまたまこの時期、心臓手術成功の三つの記事を校閲したことになる。

これだけのことなら、なにも日常の新聞校閲の一部に過ぎない。だが、二回目の手術に関わった鹿児島大学の外科部長は、筆者の父方祖母の姉の子であり、三回目の記事になった外科部長は、筆者の妻の従兄である。

その後、心臓手術は日本でも盛んになり、成功しているように思える。病気にかかった子どもたちを、どのようにして守っていくかは大きな課題である。

「医学における研究の進歩」、「手術などにかかる費用の問題」は、未だに大きな課題を抱えていると言えよう。

その後、S新聞社では、「あけみちゃん基金」なるものが出来て、読者の賛同を得て、すでに何人もの子どもたちを救ってきた。東京女子医科大学の榊原教授の執刀による心臓手術は有名である。

心臓移植手術は、昭和四十年代前半においては日本ではまだ実施されてはおらず、人道的な問題などが絡み、多分に法的整備ができていない時期だったと思う。

編集センター校閲部は、編集記者としては非常に地味な存在であるが、一方で大変博識な部署でもあった。

世界の出来事から国内の出来事まで、机に向かっているだけで毎日知ることができるのである。海外の支局や国内の支局から、本社の各出稿部に届く原稿は、すべて私たち編集センターの整理・校閲を経て紙面になるからだ。それは朝毎読産日経と全部同じだ。

入社してから一年くらいは、主に外電面の担当であった。外電面は、外信部の記者が直接書いた記事や共同通信社、時事通信社などの現地電送原稿である。

ニューヨーク、ワシントン、ロンドン、パリ、モスクワ、北京、バンコク、タイ、ハノイ、サイゴン、シンガポール、上海、マニラ、ニューデリー。中東に行くと、イスラエル、エジプト、サウジ、イランなどなど。

数々の国々には在京五社の支局があり、わが社もそれぞれの国に支局を構えていて、特派員が駐在していた。

これら支局から送信されてくる原稿は、漢字テレパンチャーの手によってタイプされた一枚の十五字取りの原稿になってくる。非常に読みやすいし、抜け文字や誤字が少ないのが特徴であった。そのため、新人向けの原稿と言えるのである。

私も一年くらい、外電面の担当をさせられた。前述した外国の支局は、当時何らかの紛争を抱えていて、原稿が本社に送信されてくるのは夜中だった。したがって紙面担当者は、いつも深夜帰りになった。

外電面担当を一年もやっていると、その国の様相や、偉い人の名前まで覚えてしまう。今ではすっかり平和な国になったベトナム。当時のベトナム共和国グエン・カオ・キ副大統領とか、グエン・ヴァン・チュー大統領とかいった人たちはどうしているのだろうか。亡命した米国で、すでに亡くなっているだろうか。そんな、なんにもならないことを考えたり、思いにふけった時もある。

イスラエルとエジプトの六日戦争なども紙面を賑わした。１９６７年6月5日～10日の

6日間の戦闘で、イスラエルの勝利に終わった。中東世界の戦争の歴史は、宗教戦争と言われるくらい、その発端は宗教上の違いにより生じる戦争であった。私が紙面校閲を担当したことのあるイスラエル戦争は今も続いていて、いつ終わるかもしれない泥沼である。あれからもう五十年は経っている――。

平和になったベトナムはどうであろうか。

南北ベトナムは当時その首都を、サイゴンとハノイに置いていたが、今は一本化されホーチミンが首都である。メコン川の流域で魚を捕ったりしている人たちの様子が、たまにテレビに映されたりする。

街の様子も一変した。十年ひと昔というが、五十年もすれば地球上の都市の様子が変わり、人々の様子が変わってくるのである。

経済の流れや、いろいろな価値観が変わってくるのも当然だろう。人々の考え方が変わり、文化が発展するのだから。

人間一人一人における五十年は、その人たちの歴史を形成している。

先日テレビで、皇居において開かれた今年の歌会始めのニュースを見ていた。そして、思い出したのである。

今から約四十五年前の正月は、S新聞社の編集局校閲部で、歌会始めの夕刊用原稿を校閲した。確か、社会部出しの原稿であった。

歌そのものは毎年厳選されたもので、お題が決まっているのだから、私たち素人が読んでも良い歌ばかりである。

夕刊に載る記事は、やはり朝刊記事よりその内容においては文章も短いし、淡白なものが多いように思われる。夕刊紙専門のタブロイド判の新聞があるが、あれなどもそうである。一般ニュースを載せ、スポーツ、芸能、文化と掲載されているが、非常によくできていると思う。

夕刊1面に載った歌会始めの歌につけられた、見出しのことを思い出した。

お昼過ぎ十二時二十分頃、紙面が刷り上がり包装されて、配送態勢に入った。ところが私は、その見出しがどうしても気になったのだ。

1面の歌会始めの記事は短く、よく出来た原稿であった。だが、それにつけられたのは、大きな七倍見出しで「心豊《ゆたか》に歌会始め」とあった。見出しは整理記者が書くのだが、袖はなんとあったかは思い出せない。

「袖」と言うのは、脇につける小見出しのことだ。本見出しをより強く引き立て、補充する役目を持つ。

さてその夕刊は最初の二版刷であったから、そのまま配送されてしまった。机に座って、三版用の原稿を校閲していた私は、歌会始めのあの見出しが気になり出した。「心豊かに」と「古式床しく」。どう違うのだろうと思って、隣の机のM同僚に聞いてみる。彼もやはり、少し気になると言うので、整理部の見出しを書いた記者に話したら、「床しく」にしようということになった。そこで三版ゲラ刷りでは、「古式床しく歌会始め」に差し替えた記憶がある。

日本の伝統的な行事などに関する言葉は、その言語の使い方によってニュアンスが違ってくるように思われる。その後ずっと、新聞やテレビを観ていても、「古式床しく」という言葉が使われている。やはりこれが正しく自然である。が、しかし、「心豊かに」も間違ってはいないと今では思っている。言葉はその流れによって、捉え方が違ってくるのだから。

新聞報道とテレビ報道の違い

新聞報道とテレビ報道の違いはいうまでもなく、新聞は紙面として長く後に残り、何度でも読み返すことにより、読者の心の中に残っていく。テレビ・ラジオは、視聴覚により視聴者の心に残っていく。どちらも読者や視聴者に訴えることにより、その使命を果たすのだが、筆者の私は、長年の習性で新聞がなくては、朝が来ない――というようなわけである。

近年は新聞、テレビの他に通信手段とも言うべき、スマートフォンが普及してきた。今や小学生までが持っている時代である。スマートフォン一つあれば、何でも用を足すことができるが、古き良きもののバランスも考えて使用しないと、この先長い人生を絶えず前のめりに生きて行かなくてはならないような気もする。

スマホのお陰で書くこともなくなった。読むこともなくなった。計算機も、辞典も必要ない。非常に便利になった。

しかしながら、古き良きものを大事にし、日本文化の発展に合わせていかなくてはならないと思っている。

令和はまさにその日本人の心を『万葉集』の中に改めて見いだし、元号としたものであろう。皆で令和元年を良き年とし、令和時代を発展の時代として考えるならば、非常に面白く有意義な時代であるように思われる。

帰りなんいざ

五十年前の自分はあんなに元気がよかったのに、と思う。しかし、次の世代が新たな五十年の歴史を作り出していく。

五十年を経過した老人たちは、次の五十年を作り出す人々に、日本の国を、自分の家を引き継いでいく。

これが自然の流れであるが、そんなこと、誰も考えてやっているのではない。ただ、時の流れの経過である。

五十年ひと世代の基点をどこに置くかは、各個人の考えで自由であると思う。だが日本という国の概念でとらえて考えるなら、それはやはり、戦後の始まりであると思う。昭和二十年八月であろうか。

私が小学校に入学したのは、昭和二十一年四月であった。一九四六年四月一日。国民学校一年生として、鹿児島県日置郡内の小学校に入学した。

日本が太平洋戦争に負けて、終戦宣言をしてから約八カ月後であるから、貧乏の真っただ中の入学である。背中に背負うカバンは、父が隣村の女の子が使っていた古い赤い蓋のないものを探してきてくれて、それをそのまま背にして学校に行った。

靴はなく、父が藁草履を作ってくれた。学校に履いていく半ズボンは、母が自分の丸帯をほどいて、その芯を使って縫ってくれた。寒い日は股をこすって赤く腫れあがり、なにかを跨ぐように歩いた。日本中が同じような状態の時期であった。

私の家は、現在は鹿児島市に編入された谷山にも家があったので、小学二年からは谷山小学校に編入した。親の考えで、子どもを育てるには少しでも便利の良いところに住んだほうがいいという考え方からだった。

谷山では、東京の港区で歯科医院を開業していた、父の叔父の松山嘉一郎が、戦争が激しくなり郷里の鹿児島・谷山に引き揚げ、歯科医院を再開していたし、もう一人の父の叔父も内科医院を営んでいた。だから私は谷山と大坂を、掛け持ちして生活していたようなものだった。

米国に占領されて、まったく先の見えない混乱期はそんなに長くは続かなかった。私が小学三年になった頃には、社会の混乱期は通り過ぎていたように思う。

このことは、日本人が元来持っている勤勉さと、占領国側アメリカ合衆国が日本に対し自由、民主的国家に向かわせる思惑にあった。

第二次大戦で失ったものは、あまりに大きい。広島、長崎の原爆、北方四島の占領などは、敗戦七十年を経るというのに、未だに国民にその影を残している。

しかしながら、戦争に負けてみて感ずることの中には、いろいろな思いを込めて考えさせられることが多いのも事実だろう。

「軍人でなければ人でなし」と言われたような軍国主義社会の日本が、米国の影響を強く受け、自由主義、民主国家に変貌していったことは特筆すべき事柄である。

マッカーサー占領軍総司令官の農地改革などは、それまでの日本農業のあり方を一変させた。

要するに、大地主が昔から引き継いできた農地は、それまで小作農家だった農家に割譲された。耕さない人の土地を大地主が抱え込み、小作人に小作させ、昔からわが家の土地だといった考え方は通用しなくなった。これは戦後第一回の農地改革であろう。私の家も、不在地主ということで、農地の大半を失った。

私が東京に出て来た時に、鹿児島の小学校の校長をしていた父のすぐ下の弟である叔父から、こんな手紙をもらった。

『これから先、長い人生を生きていくうえで一番大切なことは、規則正しく、まじめに働き、己を見失わないことである。考える力を身につけよ！　そして勉強しなさい。君の父親は、豆腐を数えるほどあった先祖代々から引き継いだ田畑や山林、そのほかの財産の大半を失った。
これから先、良くなるも、悪くなるも、君の行動次第だ。東京は生き馬の目を抜くと言われるところ。おおいにがんばってください』
そう書いてあった。その手紙は、今も大事にしているのだが――。

わが家の財産は父とその弟たち、また子供たちの学資として消えたという母親の話の方が、私には納得できた。
かつて、亡き母親がいつも語って聞かせてくれたことがある。
私の父親は十七歳の時、父親（祖父）を亡くした。当時、日本中を襲ったスペイン風邪である。スペイン風邪は伝染力が強く、この風邪にかかると一晩で死に至った。世界中に広がったので、世界風邪とも言われた。わが祖先たちもこの風邪にかかり、一晩で亡くなったという。

祖父　林兵衛（当時四十七歳）大正九年一月二十二日没
　林兵衛三女　サヨコ（三歳）一月十七日没
　〃　次女　フク子（六歳）一月二十五日没

實《みのる》（一歳）明治四十年三月九日没
次男　義教《よしのり》（四歳）同年四月一日没

ここまでの五人は、皆スペイン風邪で亡くなったと母親は教えてくれた。

スペイン風邪で亡くなった祖父や叔父、叔母たちに対する思いを十首ほどの短歌にして、東京にいた私に送ってくれた。叔父が詠んだものだ。

叔父からの手紙に詠まれた追憶

「追憶」
スペイン風邪　父・妹と次々に
　奪い去りにし　六十歳《むそとせ》思ふ
大雪にうずみし中にスペイン風邪
　人おの丶けり　つぎつぎに死す

思ひ出は葬《はふ》りの日にぞ　かつぎては
　祖父を交えて　ひそやかにして

吾が妻の母を救ひし義弟なる
　医師今八十路　命ながらゆ

六十歳《むそとせ》も前　父妹と悪き風邪
　奪ひしうらみ　積もりつもるも

六十歳の前に父なく妹も　奪ひし風邪を
　にくむ今日しも

父母よ　又　はらからよ　大御祖《おおみおや》
　安まり給え　法事のつどい

父母よ　又　はらからよ　大御祖《おおみおや》

霊よ安かれ　ひたすら祈る

父の顔　おぼろおぼろに記憶すと
妻はなげけり　写真今なく

はらからは四名今なき　母かこみ
六十歳《むとせ》　前の悲しみ思ふ

父おくる葬りの日には　雪ふりて
にくし　つもるは　病魔なりけり

（昭和五十三年一月二十二日　素心　書）

叔父は父の妹の亭主で、当時鹿屋市の隣町にある高隈小学校の校長をしていた。お彼岸の墓参りに私の実家に立ち寄り、仏壇にお参りして詠んだとのこと。本棚の中にある「父よりの便り」と書いた私の手紙集の中に挟んであった。

わが家の法事の日に親族が集まり、先祖の霊を弔う中で、このような短歌を詠み、東京にいる私に送ってくれたのはなぜだろう。それは、「しっかり勉強して、一人前の人間になれ」という叔父の願いであったのかもしれない。

その叔父も、父も、父の弟の二人の叔父も叔母も、皆亡くなってすでにこの世にはない。

当時からある仏壇は、今現在私が祭っている。鹿児島市内にある墓地はそのままであるが、仏壇は先祖ごとそっくり私の住む現住所にお連れしたというわけである。

故郷にある墓は、二年前に長女と孫二人、そして私と妻とでお参りしてきた。

「故郷は遠くにありて想ふもの……」（室生犀星）

「ふるさとの訛懐かし停車場の……」（石川啄木）

「大木の幹に耳あて小半日堅き皮をば……」（石川啄木）

そんな歌を思い出した。

また井沢八郎の歌う「ああ上野駅」などの演歌を聴くと、故郷を思い出す。先祖代々の墓は鹿児島市内の桜島の見える墓地にある。やがて私たち夫婦も、そこに入りたいと思っている。

そういう思いがあるせいか、妻も私も未だに本籍は鹿児島県である。故郷こそは、日本人が本当に心休まるところなのだろう。

今、この世で生きている人々も、これから生まれる子どもたちも、故郷想いで情緒豊かな人として育ってもらいたいものである。

前にも記したが、わが家は鹿児島県士族の家だ。明治十年に勃発した西郷隆盛の西南戦争には、母方の曽祖父も参戦、田原坂の戦において片方の目を潰されて帰ってきたのだという。

私はまだ五歳くらいであったと思うが、正月に母に連れられて、母の実家に行くのが楽しみであった。私には妹がいて、いつも一緒だった。

ある年の正月も同じで、母の実家に行って入り側の八畳間で遊んでいた。すると隻眼《せきがん》の祖父が帰ってきた。祖父は、妹が這って八畳間から奥の部屋へ行こうとしているのを見て、妹を抱えて、一段高くなっている奥の部屋へと移してくれた。その時に私は、祖父の隻眼に残る白い星を見たのだが、これは病気が原因と思われる。後に母は、なにかのついでには必ず「西南の役」の話をしてくれたのだった。

母も祖父の隻眼を見ては曾祖父のことを思い出し話してくれていたのだろう。

私の郷里・鹿児島では、明治維新の西郷隆盛は圧倒的な人気である。その人間性が庶民に愛されるのであろう。

西郷隆盛の最後の屋敷跡は、妻の実家から六百メートルくらいのところに今も存在し、案内板が立っている（現在の鹿児島市武2丁目28）。

西郷隆盛は、薩摩藩内のほとんどすべてを歩いた人だ。特に私の郷里である南薩地方には、その形跡が多く残っている。

西郷さんは、書が上手であった。それに出先では子どもたちに、読み書きを教えてくれたという。筆者の実家、曽祖父の四郎助が住んでいた家にも西郷さんがよく来てくれて、子どもたちが集まったとのこと。床の間には、西郷さん（号・南洲）の大きな文字で書かれた、「敬天愛人」の横書きの扁額が飾られていた。

隣村の集落には、筆者の集落に通じる道がある。西郷さんがよく通った道である。通行の途中でひと休みして、鬢《びん》を櫛で整えたという。その時腰かけた大きな石を「ビン石」と言い、この集落も「ビン石」という名で呼ばれていた。今はどうなっているか分からない。

私の家を含む親類は、それぞれ皆、鹿児島市内や福岡、東京へと散ってしまった。実家の近くに父の従弟が今も住んでいるが、子どもたちはそれぞれ独立して実家にはいない。明治は遠き、遠き昔になってしまった。

今では故郷に対する考え方が違ってきていて、薄れてきているように思える。「ふるさと納税」なんて盛んに行われているけれど、自分の生まれた故郷でもない市町村に納税して、その地方の物産を取り寄せている人も多いようだが、そういう考え方はちょっと違うような気もする。ふるさと納税という言葉を変えたらどうだろうと思う。

江戸時代から明治、大正、昭和、平成、そして令和と元号は変わった。地方都市の活性化を考えるには、ぜひ明治、いや江戸時代までさかのぼって、日本人の生活や心を追究してほしいものだ。そこに地方改革のなにかヒントのようなものがありそうな気がする。

今から五十年も前、二十代の後半から三十代の中ごろにかけて私も若かったせいか、仕事も苦にならず、ただがむしゃらに働いた。

新聞社にいると、いろいろな情報をより多く知ることができる。地下鉄東西線が千葉県の西船橋駅まで開通しJR津田沼駅まで延長乗り入れした。当時は妻も東京・大手町の東京市外電話局に勤めていたので、二人とも地下鉄東西線を利用していた。

開通するちょっと前に新聞情報を知り、千葉県船橋市周辺はさらに便利になると思った。そこで私は、神奈川の相模大野駅前団地に住んでいたのを、船橋の高根公団駅近くに土地を買い、家を建て引っ越した。

開通して間もない東西線は、東京側の東陽町駅を過ぎると間もなく地上に出て、西船橋駅まで行く。だが周りは何もなく、線路の下はレンコン畑と田んぼが多かった。そのため横風に電車が揺れて、怖いと感じることもあった。

それから五十年も経つと、沿線には大きなビルが立ち並び、一大都市圏を造り出している。東京ディズニーランド、ディズニーシーなどは、その代表的なものと言えよう。

ＪＲ総武線は東京駅・秋葉原・錦糸町経由だけだったのが、東京駅・東日本橋経由の総武線快速電車が開通した。

在来線は各駅停車だけだったので、東京・大手町に出るには津田沼駅で総武線に乗り、西船橋駅で地下鉄の東西線に乗り換え、大手町に出ていたが、総武快速線に乗ると津田沼・船橋経由で東日本橋で地下に潜り、東京駅の最地下ホームに到着する。大手町までは地下鉄に一駅乗らないで歩くと、少々歩くが苦にするほどの距離ではないので、非常に便利になった。

その後、京葉線の開通、東葉快速線の開通、千葉ニュータウン方面は北総鉄道の開通など五十年前とは比較にならないほどの進歩を遂げた。

しかし、成田国際空港は鉄道もＪＲ、京成電鉄が直接入っているが、何故か今一歩というような気がする。東京から少し離れ過ぎているからかもしれないし、また、空港建設反対運動が長引いたせいもあると思われる。いずれにしろ、日本の表玄関であることに変わりはない。

女性天皇も生まれていいのでは？

令和元年が生まれ、新天皇が誕生した。新しい元号に期待し、日本国の発展を願うものだが、千三百年前に遡《さかのぼ》って国のあるべき姿を考えるのも良いのではないか。

例えば、日本国は神話の時代から生まれ育った国である。国民の束ねは歴代の天皇であった。

『万葉集』の時代には天皇の御製《ぎょせい》と言われる歌が多くあるが、『万葉集　巻の一』の雑歌は、「雄略天皇」の歌とされ、親しまれている。この時代の初期は神話と実在の歴史との境がはっきりしていない。『日本書紀』や『古事記』の延長線上にあり、漠然としないものがあるのだそうだ。

だからといって歌われた歌の作者を疑う必要は全くない。すばらしい自然の情景を歌いあげている。つまり「心豊かな天皇の歌」だと思えば良いのである。万葉の時代は女性の天皇もいたし、また天照神話は「高天原《たかまがはら》」の主神、皇室の祖神とされる、女性の神様の話である。

令和の時代は、国民皆で考えて、この美しい国を守って、さらに発展させ、さらに次の世代に引き継いでいく準備をしておくのだと思って、毎日を過ごせば楽しいものになりはしないか。

昨今、「次の天皇は男性でなくてはだめ」とか、尤《もっと》もらしく新聞、テレビで話される評論家の先生方や学者の先生方が多いが、もともと「大和の国」は、神話伝説の中で生まれた美しい「国」である。日本国の伝統を守るというならば、母性を蔑視したような考え方を捨て、男女平等を原則とする議論がなされるべきだと思う。

「天照神話」は女性の神様の物語であり、日本国誕生の話である。鹿児島・宮崎の境にある「高千穂《たかちほ》の峰」に昭和四十二年五月登山した。頂上には「天孫降臨神話」の石碑があり、「天の逆鉾《さかほこ》」の石像がある。

第二次世界大戦に敗れた日本は、軍国主義国家から自由、平和を愛する民主主義国家に変貌《へんぼう》した。同時に天皇の権力がなくなり、象徴だけの天皇となった。で、あるならば、**女性の天皇も国のやさしさや、美しさの象徴として親しさ**を感じたり……。非常に良いと思うのだが。

常々思っていることがもう一つある。それは、国技といわれている大相撲のことである。

大相撲はスポーツか、そうでないかと問われると、国技であって神道行事だと、日本相撲協会は解釈するだろう。しかしながら、元来は立派な神道的《しんとうてき》スポーツであると考えられる。織田信長は、まだ若い頃、領内の若い娘たちを集め、相撲を取らせ、勝ったほうに瓜《うり》などの褒美を与えたりした。また、朝倉攻めのカモフラージュのため、京に上る道中で、相撲好きの男たちを集め、相撲を取らせて、強そうな者は皆、兵として部下に加え進軍した、とある。

相撲は古くから存在したものであるから、日本独自のスポーツだと言える。神社などの境内に土俵を造り、今でも相撲は盛んである。

私たちが小さい頃は、秋の収穫が終わったあとの行事は、運動会と相撲であったように思う。新米でおにぎりを作り、二日くらい前から母親が豆腐、こんにゃくなどで料理を用意して、当日は相撲会場へ持参し、相撲を観ながら食べるのである。大相撲のミニ判である。

前相撲は、小学四、五、六年生が取った。学校には取り組みに使う回《まわ》しが全部用意されていた。午後は大人の取り組みになるが、結構大相撲の幕下までやっていた人など、強い人がいて面白かった。

またまた話が逸れてしまったが、相撲は国技であり、神道的行事を伴ったスポーツであると思う。

もう十余年前になるかもしれないが、当時の大阪府知事（女性）が土俵に上がって優勝力士を表彰する予定のところ、拒否された。土俵は神聖なる所であるから女性は上がってはいけないのだという。そんな神様はどこにもいないはずだ。その後も土俵上における女性の問題は何度も聞いた。大相撲は何一つ改革できていないのだろうか。日本の国技大相撲を外国に披露していくためにも、身近な問題の改革が必要と考える。

長々と信長の小説に出てくる話を捉えて、女相撲についての考えを書いたりしたのは、もっと相撲を親しみやすいものにするために、私の思いを述べてみたのである。

農業という職業についての思い

一九九二（平成四）年五月二十二日から二十四日は、九州・福岡において「アジア太平洋人間環境会議」が開かれた。主催はアジア太平洋人間環境会議実行委員会、後援は環境庁（当時）、福岡県・北九州市、経済団体連合会、緑同志会である。

妻と私は友人に頼まれて、福岡の会場まで自分の車で、ドライブを兼ねて行って来た。目的は、アフリカ北東部、地中海東部原産とされる「モロヘイヤ」とメキシコ他原産の「アマランサス」の種を、会場で出席者の皆さんに配布する、という役目を果たすためだ。

モロヘイヤはゴマの実に似ているが、ゴマよりさらに種の粒が小さい。アマランサスは、日本で言う「葉ゲイトウ」と同種のようで、畑に植えると背丈が一メートルを超えるものが出来る。

どちらも栽培は簡単である。それに、川の土手と言うか、田畑の土手の草の中でも育つという面白さがある。エジプトでは「王様の食材」として親しまれ、栄養価が高く環境にも優しいので、これを日本でもおおいに広めようという宣伝であった。

開催中の会場には、アジアの国々からの出席者が多かった。会議場では地球の環境に関する話が中心で、自然環境の話題の中には必然的に農業のことが含まれて、会場は大いに賑わっていた。

確か当時、人間国宝であった細川紙業の細川氏が、会場で「紙漉《す》き」の実演をなさっていた。モロヘイヤは葉っぱは食べて良し、茎は「紙漉き」として楽しむことができる。

私はこの時、初めて農業というものに興味を持った。この会議の翌年には、ブラジルで「世界環境会議」が開かれるというので、そのテーマ作りであった。

地球環境の話が盛んに叫ばれるようになったのも、この頃である。農業の近代化や、農作物の安全対策というようなものが盛んに言われるようになり、農業への関心が高まってきた時期でもある。

私と妻は共通の趣味として、結婚当初より鉢植えの観葉植物や花を育てることが好きだった。結婚当初に住んだ公団住宅の2DKのベランダは、鉢物でいつも埋まっていた。当時、鹿児島から持ってきた観葉植物の「万年青《おもと》」は、今でもわが家で生き続けている。「サツマフジ」という名の「万年青」である。春になればまた新しい芽が出てきて、古い葉が落ちて、大きく育つ。古い球根を切り取って捨て、植え替えをしてやると何年でも長生きする。また球根を若返らせ、植え替えをしてやると、新しい子どもが横に生まれて来るので、鉢を増やすことができる。

徳川家康が江戸幕府を開いた時、三河から「万年青」を持参したという。その時の「万年青」は、大葉万年青の「ブンチョウ丸」という品種だったようだ。万年青の専門誌に、そう載っていた。「万年青」は一年中その葉っぱが青々としていることから、「家が栄える」と言われているようだ。

そのうちに野菜なども作りたくなり、畑や田んぼを借りたりして、土いじりを始めた。妻と二人でサラリーマンをやっていた頃、給料日が来ると、地下鉄丸ノ内線の大手町駅で待ち合わせた。そして当時、荻窪駅の近くにあった「三光園」に行って、万年青を買い続けた。毎月一鉢ずつ種類の違う万年青を買ってきて、妻と二人で培養し、楽しんだ。

それからすでに五十年近く経った今、農業委員会の許可で、田んぼ三十アールと畑三十アールを買い取ることができた。

春になると、土をいじりたくなるから不思議だ。もっとも、販売するほどの生産物は、未だに作れないでいる。少ない年金で肥料やタネ、資材を買うので大変である。

近頃は「一坪農園」なるものが盛んになり、土日を賑わしている。「健康管理にいい」と一口で言えばそれまでなのだが、家族で土いじりをすることは、家庭円満、明日への活力、子どもたちの心を育む――この上ない人間的な、自然な行動だろうと思っている。

なぜって？　日本人はもともと農耕民族だからだ、と勝手に思っている。


私は今年の八月で満八十歳になる。世間で言う「老人」である。もっとも、自分は老人だと思ったことはあまりない。

若い頃よりサッカーをやり、高校時代は県大会で勝率九割。大学ではやらなかったが、職場でも妻や子どもが出来てからも、大いにサッカーを楽しんだ。

そのせいか知らぬが、ある程度の若さを保ち続けることができたように思う。

昔と比べると、農業の機械化が進み、農家の人たちもそんなに重労働をしなくてよくなったように思う。

水田耕作においては、苗作りから田植え、刈り取り、脱穀、乾燥、袋詰めと、ほとんど全部機械がやってくれるようになった。これらの作業は、一農家ではできない分野も多いので、集団作業で行う場合が多い。

トラクターを使った田んぼの耕しもそうである。耕作面積の規模に応じて、農業機械の種類や大きさが違ってくるのは、仕方のないことであろう。

水田耕作の特徴は、田んぼに水を引くことにある。ここだけは農家全体が集団で、川や沼、池から耕作される田んぼ全体に水が届くよう、水路の手入れをするのである。それは田植え時期の四月、五月頃であり、一、二回の手入れで終える。

私の住んでいる千葉県には、大利根用水（利根川の水を水田に引き込んでいる）と、印旛沼用水などがある。

私の田んぼは印旛沼のすぐ近くにあるので、当然、印旛沼用水を利用している。用水の管理は、昔から用水組合があり、そこが行う。

八月の下旬から九月の初旬に収穫された米は、新米として出荷したり、自宅で食べる。米の場合は、一般には地域の農協に出荷するケースが多いようだ。私は三十アール（三反歩）の田んぼを買い取り耕作しているので、家族全員で一年食べても、食べ切れるものではない。モミで毎年平均して、22俵（1320キロ）の収穫量である。（モミ1俵は60キロ）

それを玄米30キロ袋にして袋詰めし出荷したり、保管する。四十四袋ほど出来るうち、二十袋は自宅で保管して食べたり、欲しい人に安く売ったりあげたりしている。残り二十四袋は毎年農協で「千葉こしひかり」としての検査を受け、買い取ってもらっている。

畑作については栽培される品種が多く、人それぞれである。専業農家による野菜の栽培と、「一坪農園」などのような趣味による栽培の二通りであろう。前者は玄人の栽培であり、後者は素人の栽培が多い。

ここでは農家による栽培について書いてみることにする。

野菜類の栽培は、さらに分類すれば「露地栽培」と「ハウス栽培」に分類できる。ハウス栽培とは、ビニールハウスなどのことである。近年行われている、大規模なハウスの中で太陽の光をあまり利用しないで水耕栽培する「大規模生産方式」は、ここでは省くことにする。

露地で栽培される作物は、サツマイモ、ジャガイモ、サトイモなどのイモ類や、落花生、ナタネ、陸稲、ソバ、大根、白菜、キャベツ、スイカ、そのほかたくさんある。しかし、耕作面積が広くなければ収益が見込めない。北海道など、広大な土地を耕し生産性を高めているところは、露地栽培に向いているのだろう。

大都会の東京、大阪などの周辺においては、ハウス栽培が盛んである。耕作する農地が少ないからであろう。トマト、イチゴ、キュウリ、メロンなどの栽培は収益性が高く、栽培規模に応じた収入を得ることができるようである。それにハウス栽培は、気候の変動に応じて温度調節ができ、雨風を防ぐこともできる。害虫による被害や、肥料の管理が容易といった利点がある。

近頃、農業をやりたいという若者が増えてきたという。だが一方、農家の現役を何十年も担ってきた人たちが老齢化して、田畑が荒れているところが多い。自分の家の代々引き継いできた農地が、老齢のため仕事ができなくなり、荒れるに任せているのである。

私が耕作している農地も、持ち主だった農家が年を取り、仕事が困難になり、手放さざるを得なくなった農地だった。子どもさんたちはいるのだが、農家はやりたくないのだ。そういう農地は現役の老農家に多い。放っておくと、ますます増えていくように思われる。農家の後継ぎであるべき後継者が、農家を継ごうとはしないのだ。

一口で言えば、農業という職業は、若者には受けない。生まれながらの農家の若者が、時代を担っていくだけの魅力を感じていないということだ。

生産コストが見込めず、いくらがんばっても収入に反映しない。先祖代々続いてきた農家は、現状に甘んじ、改革をしようとしない。

さらに、時代を担うべき農家の若者は、古くからの農家の苦しい生活の姿を見て育ってきているので、最初から職業としての農業は、考えられないのだろう。

農家には、嫁の来手がない。苦労だけして報われないと思っている。これが実情なのである。次の世代を担い、希望に燃えている青年を有する農家もあるが、そういう農家は非常に少ないということだ。

①後継農業者の育成
②新規就農者の開拓と指導
③一般会社定年後の就農への促進

①、②は現在始まっている。
③は新たな課題として考えるべきである。
農業の生産技術、農作物の生産体制から販売促進については後述したい。

ここから先は、農業というものに対する本質的な考え方を、私なりに論じてみたい。

太平洋戦争において日本は負けた。

昭和二十年八月十五日は、日本にとって忘れられない日であった。日本では、この日を終戦記念日というが、私にとっては、敗戦記念日である。

太平洋戦争は、負けるべくして負けた戦争だった、と私は思っている。その理由を論ずることはしないが、戦後七十年経った今日、わが国は豊かになったと思うし、そう思いたい。

天皇の玉音放送を聞いて涙を流し悔しがった人々、戦争の終結でホッとした人々。とにかくその日、八月十五日は、私の生まれた故郷の夜は空いっぱいの星で埋まり、きれいであった。

私の集落では、「アメリカ軍が来て人々を殺す」と言って、「もうおしまいだから」と、夜はニワトリを潰して食べたりした家もあった。

鹿児島市内の小学校の教員をしていた父の弟が、お盆だったので帰ってきて、「そんなことはないから安心していい」と言った。仏壇に線香を灯し、祖先の霊を弔い、その夜は皆で八畳間の仏壇の前で寝たことを覚えている。

昭和二十年八月十五日から、米軍のB29や機銃掃射は気にしなくてよくなったが、食べものや着るもの、住まいがない。翌年までの一年間一番大変な時期だったように思う。

都会ではなく、私の住んでいたところは平凡な農村地帯だった。だがそれでも、食べものが何もなかった。

ご飯の代わりに「フスマ」という粉を食べ、それもなくなると、何でも食べた。ユリの根を山に掘りに行った。サツマイモの葉っぱや、木の葉っぱ。口に入るものは何でも食べた時代である。

私には弟がいた。終戦後の食糧難は、生まれて間もない子どもをも育てることができない、国民皆貧乏時代であった。

母の母乳が出なくて、米のとぎ汁や重湯を与えるのだが、それも満足するに足りない。だいたい、主食の米がないのだから、配給制の塩、ミルク、砂糖などではとても足りない。弟は死んだ。痩せこけていたように思う。

私の家は元来は大地主であり、子守りをする人や、畑、田んぼ、山などの手入れをする男の人たちがいた家であった。父は他人任せで、自分は前にも書いた谷山というところで、パンの製造販売とか、米、薪、木炭などの販売などいろいろやっていたようだ。

人々の様子が落ち着いてきて、それぞれ仕事に精を出すようになってくると、生活に少しずつ活気が見られるようになった。

私が小学三年になった頃は、もう食糧の心配はなかったように思う。元来の日本農業が復活したのである。

戦後、農業協同組合が出来たのは、昭和二十二年から二十三年の初め頃であった。農協マークをつけた茶色のトラックが、肥料や資材を積んで走るのを見かけた。

戦後の農業は、農地改革などが早い時期から行われ、農業をしない地主の農地は、それまで小作農家であった人々に与えられた。私の家などは、農地をかなり失ったようだ。マッカーサーの農地改革である。

戦後七十年。農業は人や馬、牛が直接田畑を耕した。また牛馬は農産物を運んだり、農家になくてはならない存在だった。牛馬は農家の一員なのである。これは日本の農家なら、どこでも同じだ。

時が過ぎて、平成三十一年。間もなく元号が変わろうとしている。この時期に思うことは――

日本農業は、どのように変革してきたのであろうか。そして今後、どのような歩み方をしていくのだろうか。

近年は、農業に関心を持つ若者が多くなった。また、土日に家庭菜園を営むサラリーマン家庭が増えてきている。

私の住んでいる佐倉市は、都心部から地下鉄、京成、ＪＲと直通電車もあり、非常に便利である。成田空港、羽田空港へはどちらからも直通電車が運行されている。大都市近郊農業を営むには、最適な地域だ。

これからの日本農業を発展させていくには、活力ある若者の力と、それを支えて支援する者の力が必要だ。つまり、地域農家の協力態勢と、行政の支援である。

行政とは国であり、県であり、地域市町村のことである。後継者がいない農家が、今後さらに増えてくる。前にも書いたが、既存の農家の子どもたちは農業をやりたがらない。

わが家の仕事を朝から晩までやっても、給料がもらえない。嫁がもらえない、恋人も出来ない。すべてないない尽くしで、将来に対する希望が持てないのである。

自分たち若いものの力で、よりすばらしい近代農業を編み出し、創り上げていこうという若者は少ないのである。農家に生まれて育ち、農業系の高校、大学と進み、卒業して家の農業を継ぐ人は、それなりに環境に恵まれている人だと思っていい。

職業として農業を見るならば、ほかの職業とは比較にならないほどの差がある。それは長い間、日本農業は各個人農家による経営体であり、高収入に繋がるような生産物を作り出せていなかったからだ。経営の合理化、生産物の育成、管理、販売と、どれ一つとっても創り上げることができていなかった。

南北戦争時の米国は、マーガレット・ミッチェルの小説『風と共に去りぬ』の中に出てくるように、南北戦争の中で南部の広大な土地に綿を植え、大農場を展開し収穫、出荷する一大生産体制が出来ていた。この時代にすでに新生米国の息吹を感じることができた。日本では、明治維新に薩摩藩士の黒田清隆は開拓長官として、北海道と樺太開拓を手掛けた。食べものがなくては何もできないと考え、北海道の大地にサツマイモを植えたのである。

のちに黒田清隆は、農商務大臣（当時）や首相まで務めた人で、イモ焼酎を好む豪快な人であったらしい。西郷隆盛の盟友である。

もっとも現在の北海道は、サツマイモではなく、ジャガイモ、トウモロコシであるが。黒田清隆は幕末から明治の初期にかけては、新しい日本の夜明けを作るために努力した人だと思っている。

時を経て昭和になり、太平洋戦争が勃発した。第二次世界大戦である。日本は焼け野原になり、すべてのものを失った。幾多の困難を経て戦争が終わると、日本人はまた一生懸命に働き、復興への道を歩み始めた。昭和二十二年のＧＨＱの農地改革は、マッカーサーの指令によるものであった。土地所有のありようが、大地主から小作農家に移り、長年小作料を払い耕作していた農家は、新制度に移って農業に励むことができた。戦後七十年を振り返り、この改革は間違っていなかったと思うのである。ただし、この時期の農業改革は実際幾多の困難を伴った。

明治、大正、昭和、平成と来て今年。平成三十一年五月は、また新たな元号・令和が始まった。農業について考えるならば、日本のほかのどの産業より遅れている。

二〇一九年五月、令和元年。日本農業もさらに生まれ変わり、近代農業の発展の年であってほしいと思う。

明治から百五十年、それなりの進歩はあったのだろうが、変わっていないことも多い。

農業経営の体質は旧態のまま

生産を担うのは家族全員であり、親子三代が同居して暮らす農家では、年長者が主体となり、若いものはその指示に従って働く。そのため、建設的な意見や考えは生まれにくかった。

現在でもそうであるが、農家は保守的である。外部の意見を取り入れることや、新しい生産物への取り組み方が遅いように思われる。長年の農業生産の主体であるべき農家が、マンネリ化して活気を失ってしまっているのだとも言える。

○生産物に対する販売体制が貧弱

このことは、現在の農業でも同じである。戦後日本農業の販売体制を考える時、農業協同組合の存在がある。良くも悪くも、農協の存在を無視して、農家は語れないであろう。

農家は、農協で金を借りて肥料を買い、資材を買い、農機具を買って生産し、作物は農協を通じて販売する。

米作農家を例にとると、九月に出荷した米の代金で、一年分の買掛金を農協へ支払う。農家にとっては、農協に支払った残りが次の一年の生活費、運営費となるようだ。

これが長年続いているパターンであるから、農家は特に新しいことを考えようとしなかったのだろう。農協は農家の「銀行」であり、「仕入れ先」であり、「販売店」であるのだ。

二〇一七年二月、農協改革のテーマである「農家の所得増」が、アベノミクスの一環を占めていくとのことで、おおいに宣伝され農協の体制まで変わった。

国の農業政策によると、農業は一兆円産業であり、外国への進出などおおいに期待できるとニュースでも毎日放送された。アベノミクスを推進する首相や農林水産大臣の談話では、農業の一大改革が行われるような話であった。農家の人たちは、複雑な思いで注視していた、というのが本音であったろう。米価は政府引き渡し価格が、いきなり四十パーセントも引き下がった。

これまで国の農業政策に反対してきた農協が、国の政策に合意した結果である。農協も、長年独占的に農家を支配してきた結果、大きくなりすぎた。農業全体の改革をしようとしなかった結果、農家を疲弊させてしまった責任は大きい。だが、アベノミクスによる農業改革は、今のところ、掛け声だけであったと言ってよいと思う。

なぜなら、一兆円産業への生産計画と販売計画、特に外国への輸出計画について、未だに何も聞いたことがないからだ。

これでは日本農業はやがて細っていき、なくなってしまうだろう。戦後七十年、日本農業はそれなりの進歩は遂げてきたと思うが、農家という特殊な存在から、生産をするだけの農家として留まっていた。

作ったものを売り、自分の手で収入を得るところまで行かない。ただ作るだけである。

ちょっと極端な言い方をしているが、ほとんどの農家がそうであったと思う。

農家は朝早くから田んぼに出て働き、夜は暗くなるまで働く。これが日常のこととして、繰り返される。近年はある程度所得が向上し、生活様式も改善されて、近代農業へと変わりつつある。これからは若い世代が大いにがんばり、二十一世紀農業を堅固なものにしていく時だと思う。

外国人労働者のこと

農家の担い手が少なくなり、後継ぎも出ないという意味で、日本農業は危機的状況にあると言える。国は人手不足を外国人労働者受け入れで補おうとしているが、農業の場合は、難しい点も多々あるようだ。

言葉、習慣、給料、実習期間、長時間労働などの問題がある。実習生として農家に入り、農作業に就いても、しばらくすると辞めてしまう。

辞めるだけならまだしも、行方不明になってしまうケースがある。不法滞在者が増える原因の一つでもある。また、単なる労働者として働いているのに、名目は「研修生の受け入れ」である。支払われるべき給料が少ないこと、労働時間が長いことなども問題の一つであろう。

外国人農業実習生受け入れについては、行政も、受け入れる農家も、おおいに勉強すべきだと思う。

定年退職者も就農しては？

近年は新規就農者が多くなった。既存農家に後継者がなく、老齢化していく中で、未来を支えるのは新規就農者であると思う。

私の住んでいるところでも、毎年新規就農者が入って来る。私自身も農業に興味があり、土いじりを始めたことは前に書いた。

最初は私も妻も、自分たちが本格農業をやるなんて考えたことはなかった。でも、役所の農政課に、「空いた畑を借りたいので」と相談に行ったら、すぐに借りることができた。その後一年で、田んぼと畑が売りに出たので、買い取った。

農家として生産をするために、農地法で定められた面積五十アール（五反歩）を買い取り、翌年さらに十一アールを買い増した。どちらも後継者のいない、お年寄りの農家からである。

新規就農者として扱われた私も、今年八十歳になろうとしている。自分では農業をやったこともないのに、独学で、と言えばカッコいいが、ほとんど自己流で今では農家をやっている。

とても金になるような農家ではないが、楽しみ農業である。わが家にも後継者はいない。子ども、孫たちが農業に興味を示さないからである。

新規就農者は勉強して

新規就農者は本格農業を目指すわけであるから、農業に関する勉強をしたり、既存農家に学び、行政機関の技術支援を受けたりして頑張るべきと考えている。

住まいを確保し、農機具を買い、畑なり、田んぼなりを耕作することは容易ではない。また、生産物に対する販売方法などについても、おおいに研究するべきである。

就農するに当たっては、最低限の資金を持っていたほうがいいと思う。それに若い方では、目指す農家や農業生産法人などに一、二年就職して学び、それから独立するなどの方法もあるので、しかるべきところに相談することだと思う。住まいのこと、耕作農地のこと、生産体制のこと、機械のこと、作物のこと。そして支援を受けるには、どうすればいいかなど。

じっくり考えてから、就農すべきだと思う。そうすることが、栄光への第一歩だ。

よくよく考えて就農しなくては、こんなはずではなかったのに……ということになる。路頭に迷い、自殺した人もいる。こういうことは、農業政策になんら反映されていない。

市場に向けての生産と、個人で販売する直売向けの生産。また、生産法人などを立ち上げ、大きく事業化していく方法など、いくらでもあると思う。未来に向かう力強い農業の経営ができるようになれば、言うことなしであろう。


私の住んでいる千葉県は、畑作の露地栽培の生産量では、落花生、サツマイモ、ジャガイモ、サトイモ、ニンジンなどは全国で一位から十位くらいに入っている。大根、ホウレン草、ネギ、小松菜、ゴボウ、キャベツ、白菜なども盛んである。

余談だが、今年は昨年九月初旬に植えた白菜二十アール（二反歩）分と、キャベツ〇・七アール（七畝）分が出荷できずにいる。合計露地面積二十七アールに定植した、約五千個、五トン強の野菜だ。

昨年は市場価格が高かったので、今年は値段が安いとのことだ。新聞市況を毎日見ているが、とても出荷できそうにない。このまま収穫しないで畑に放っておくと、三月には花が咲くので、今月（二月）中にはトラクターを入れて、土に返すしかない。

関東一を誇る茨城の白菜農家など、皆大変であると思う。茨城白菜は、その生産量において日本一である。農家は季節の変動によって生産量も変化するし、価格も変動する。このことが、農家の経営を厳しくしているのだ。

流通について

農業生産物の流通について考えてみたい。

このことは前に少し記したと思うが、大きく分けて、卸売市場に出荷する方法、直売所を通じて販売する方法、直接スーパーや八百屋さんなどへ販売する方法、宅配による販売方法がある。

もう一つは、地域の農協に出荷し、農協が中央卸売市場など、大手の業者に販売する方法がある。近年はネット販売なども盛んに行われている。

米作農家の場合、大規模農家も小規模農家も、農協を通じて販売するという形が、ずいぶん古くから定着していて多いのだが、輸出への道も何とか開けようとしている。また「青森リンゴ」などはすでに海外で好評を得ていて定着しそうだ。

政府に対する売り渡し米も、農協を通じて行われる。米の収穫時になると、政府売り渡し価格というのが発表され、農協がこれを代行している。新聞、テレビでニュースとしても放送されるので、知らない人はいないと思う。

しかしここ四、五年前から、農協改革ということもあり、米の売り渡し価格が大幅に下落した。零細農家は、大きな打撃を受けたのである。

農協改革は、政府の主導で行われた。これまで長年続いてきている政府買い上げ米を、外国などに輸出したりして、大いに販路を拡大するのだという。

農家の保護政策は、国内で消費しきれない米穀を海外に輸出することにより、高利益を上げていくというものだ。

農産物の海外輸出という考え方には、大いに賛成である。これが実現されれば、農家としては大変な励みになるのだ。

これまで、政府買い上げ米などに対する行政のやり方については、とかく消費者を含む外部からの非難が多かった。だから農政を一新し改革が進めば、一番喜ぶのは農家であるはずだ。

農家は長い間生産することだけで、販売の方法を知らないで来た。土に向かい合うことで精いっぱいであったと言っていい。

近年は、無農薬・有機栽培などの生産も行われるようになったが、それもごく限られている。

農業に対する思いの強い私は、日本農業をさらに発展させていくために、力を合わせてがんばるべきだと思っている。

第二章　日々の楽しみ

刺身にされた私

「肉、肉」と聞こえたらしい。

いきなり、「珍しいですね、奥さんの名前『肉』と言うんですか？　さっき旦那さんが『肉、肉』と呼んでいましたから」と。

おかしくなって私も笑い出した。

夫は、「みく、みく」と呼んでいたのだ。

私の名前は松山みくさ。「みく、みく」が「肉、肉」と聞こえてしまったのだ。

また、病院の待合室でのこと。

・・・・・・

「杉山さしみさ〜ん」と呼んでいる。

私は免許証を出して、呼んだ人のところへ行き説明をした。

振り返ってみると、勝手に「この人『さしみ』という名前なんだ」と決めて頷いている人や、「さしみさんだ」と納得して微笑んでいるおばあさんもいる。

私は真っ赤になって自分の席に着き、順番が来るのを待った。


私は昭和十七年生まれである。

戦時中のこと、「御軍」と書き、「みいくさ」と読ませ、「みくさ」という名前がついたので、肉だの刺身だのは、程遠い呼び方だと思ってしまう。「もぐささん」と言われたこともあったし……。

でも、またいつの日か、自分の名前を、思いも寄らない呼び方や、読み方で、楽しませてくれることを、私はひそかに心待ちしている。

やがて、夫が「美草園」なるものを発足してくれたが、「ミクサエン」のつもりでいたのに、人は「ビソウエン」と読んでしまって、また「ミクサ」には縁のないものとなった。

二十年くらい前、現在のコーラスに入会した時のことです。自己紹介の時、「どうせ一回では覚えてもらえない名前だから」と言ったら、周りの人が緊張してくれて、覚えてもらったこともあった。

結局、病院の待合室で、あとで呼ばれた時は「松山さ〜ん」だけだったので、周りの人は「さしみではなかったのだ」とまでは、理解できなかったはず。

ずいぶん前のことだけれど、七人乗りのワゴン車を愛用していた時分、スーパーの駐車場で、夫はそのまま運転席に残っていた。買い物をすませた私が車の助手席に戻ってくると、隣の夫であるべきはずの人にケタケタ笑われてしまったのだ。

見ると知らない人なので、当の私がびっくりした。

「あなたの車はアレですよ」

四、五メートル先を見ると、確かに夫らしき姿を確認できた。

「すみませんでした」と頭を下げ、二人でゲラゲラ笑いながら挨拶したけれど、この人も同じ車種を利用していて、私たちより早く駐車場に来ていて、私たちを見ていたのでしょう。

方向オンチなのか、駐車場では似たような自覚症状がある。

駐車場で車から離れる時は、何か目印を決め車を降りることにしている。でも初めての道を探しながら走行する時は、帰りのことを思って、一つか二つの目印を頭に残して走ることはできるのに、駐車場だけは未だにクリアできない。

駐車場で夫が手を振っている時もあれば、「みくー」と呼んでいる時もある。

でも、これで普通だと思っているし、中には「肉」と聞いてしまって肉を買って来いよとの合図かな？　と思っている人もいるだろう。

「さしみ」は格別だけど、夫が私を「みく」という以上は、これからも肉との付き合いは続くものと思っている。

未完成交響曲

私が小学生のころ、兄妹でレストランへ行った時のこと。

そこは、好きな曲をリクエストできるユニークな店だった。

早速私は、

「未完成をお願いします」と言った。

それなのに、待てど暮らせど、未完成の曲は流れてこない。

そのうちに、オレンジジュースがテーブルに出てきた。今日はサービスなのかなと思っていた。

それでも曲はかからない。カウンターに行き、もう一度、

「未完成交響曲をお願いします」と言うと、支配人は申し訳なさそうな、そぶり。

小柄だった私は幼い子供と思われて、「ミカンスイ」と言ったのだと思い込んでしまったらしい。

最初から「未完成交響曲」と言えば、オレンジジュースも出なかったのだ。

私が席に戻る頃には、もう曲が流れていた。これで完成です。

私の名前を「肉」と聞いてしまった人のことも似たようなものだと苦笑いした。

二度のカラス

二十年くらい前のことである。

母親のイタチが草むらの中から顔を出した時、ちょうど上空を一羽のカラスが飛んでいるのに出くわした。

すぐさま、そのカラスはイタチを口に咥え、上空へと昇ってしまい、少し遅れて草むらから幼いイタチが母親を探して、キョロキョロ辺りを見回している。

そのしぐさのかわいいこと。

今でもその場所へ行くと、思い出される。

幼いイタチは草むらの中へ帰ってしまったけれど、母親が顔を出した二秒後に何が起こったか分からないのだ。

私は少し離れたところにいて、偶然目に入ったものの、哀れでたまらない。

イタチの思い出がもう一つある。

川辺の釣り場の横で、五匹のイタチが横に並び、通り抜けたいのに、私たちがいるために、横切れずに足踏みをしている姿。これもかわいかった。悪ささえしなければ、イタチは本当にかわいい。

ある時、シャム猫が捨てられていた場所が、かつてイタチの親子が現れた場所と同じなのは偶然かな?

子猫は一匹ならまだしも、七匹もゾロゾロ出て来てしまい、これでは家に連れて帰ることもできなかった。

畑にいても色々な観察はできる。

また、私の生活範囲内に一軒の漬け物店が出来た。左右にスペースがあるので私も駐車して時間を潰していた。

おじさんが漬け物小屋から、車の荷台に商品の漬け物が入ったケースを運び、また、小屋へ戻って行った。

すると、カラスが降りてきて、商品のビニール袋を口に咥えて飛んで行った。

おじさんはまた出てきた。

商品の入ったケースを置きながら、最初のケースの乱れに気付いたが、不思議そうな顔をして小屋に戻って行く。

またもやカラスが同じことをしている。

この時点でカラスはもう学習しているはず。三つ目の商品の入ったケースを持ってきたおじさん、またまた、商品の様子がおかしいので、大声を出して、同僚のおじさんを呼び、言い合っている。

「カラスが持って行きましたよ」

なんて言えたものではない。

「見ていたのなら、何故、現行犯で捕まえて、お縄にせぬのか？」

と、言われたらどうしようか。

カラスは捕まえてはいけないらしいし、もしも、イタチの時のことを話せば、

「なに！　やつは前科者だったのか」とも言いかねない。

同じカラスだったのか？

見ざる、言わざる、でいこう。

二人はまだ言い合っている。

空を仰げば、アホーアホー……

あれから、その場所を通っても、あのようなタイミングに遭遇することはない。

カラスも、まずいことは何度もするものではないと思ったか、おじさんたちの方で商品の納め方を工夫したのか、いずれにせよ忘れられない場所である。

鶏

鶏舎の前でセレナーデを歌っていたら、歌詞につまずき、思い出せなくなったとき、鶏に首をかしげられた。

こいつ、分かっているのかなーと言うと、

「コッケケコッコ」と鳴く始末。

クラシック音楽を聞かせようが、ジャズを聞かせようが、鳴き方が変化するものではない。

「セレソローサ」を流せば、産むべき卵も引っ込んじゃったりするかもしれないが、マンボのリズムで朝な夕なジャカスカ卵を産み、「マンボ・ナンバーファイブ」のウーッという掛け声で、瞬間最大三億個の卵が、転がり落ちたりしては、鶏舎は卵だらけになってしまう。世の中あちこち養鶏所が目立つ。

これも困ったものかな？

しかし、ほどよい騒音の中で育てることは、成育に良い影響を与えると、聞いたことがある。

鶏でも、よその人は分かるらしく、家族以外の人が近づくと、大騒動をする。

それでも雄はやはり怖い。

いつも夫は餌など、世話をしているが、しょっちゅう腕を突つかれてアザになっている。

私は時々、歌を聞いてもらい、卵よ、ありがとう、なんてね。

鶏の話でもう一つ。

隣の家で、放し飼いで鶏を飼っていたのだ。ある時、隣家の奥さんが外出から帰ってくると、玄関先のお座敷の上から「お帰りなさい」と言わんばかりに大勢の鶏が迎えてくれた。

「こりゃ、大変なことになってしまっている」と。大運動会でも始まっていたようで、手の付けようもない。玄関を開けておいたのが原因だ。それ以来、二度と放し飼いはやめたと話しておられた。

ご苦労さまでした。

この時期、夫は、卵を産むために入りやすく、区切った箱を鶏小屋に置いてみた。

鶏でも人間と同じように相性があるのか、一つの所が人気抜群で、そこに陣取る鶏が多い。

自分が産みたい時、空いている場所はいっぱいあるのに、待っていて、前の鶏が産み落とすまで、ザ我慢!!

箱に産むようにしておけば、卵は汚れないし、管理は楽。

でも、お天気の良い日は鶏舎から出してやると、嬉しいのか、飛び跳ねたりして、面白い。餌を貰おうと思って、みんなで、駆けてついてくる時もある。かわいいものです。

イタチ、蛇などが怖いので、今は金網の中で飼っている。以前のように外に出してやりたいが、あとで捕まえることを考えると、そうもいかない。

届いたラーメン

昭和四十二年頃であったか、私が電話交換手として鹿児島の伊集院電報電話局の改式（磁石式電話が自動電話に切り替わるまでのこと）前の局に勤めていた頃のことだ。

電話の加入者も少ないので、夜勤の時などは、一人で数百軒の加入者を収容した交換台に着くのだが、ある加入者から一軒のラーメン屋への依頼があった。そのうち、注文したのにラーメンがなかなか配達されないので、催促の依頼がきた。

またもや接続したら、ラーメンも配達されて、食べている最中に、またまたラーメンが届いたと言う。

話をよく聞いてみると、最初の時に接続した店と催促の時の店とは全く別の店であり、似た番号だったため、このようなことになってしまったのだ。

あとから接続された店の方のラーメンが先に届き、その後に最初の店のラーメンが届いたと言う。

これは完全にオペレーターのミスであった。あの時、そのお客さん、ラーメン二杯食べたのか？　こちらが弁償した記憶もないし、丁重にお詫びをした。

それから、まもなく伊集院電報電話局も無事改式を終了して自動化された。

雀

鶏舎の餌のおこぼれを食べに来る雀がいる。腹いっぱいになると眠くもなるだろう。それなら、どんぐりや木の実を添えて置けば、枕にして寝るかもしれない。口を開けて、イビキでもかいて、昼寝がすんだら飛んでいけば良い。

私は、スマホでパチリ撮るだけだ。

私が小さい頃、母が父の話をしたことがあった。往診先でのことだ。患者さんを診察する前に、その家族と話に花が咲き、とうとう、診察するのを忘れ、そのまま帰って来てしまったのだ。

あとで患者さんの方から連絡があり、患者の容体は良くなったとお礼を言われるまで、診察せずに戻って来たことを忘れていたらしい。

今どきなら、ネットで叩かれるかもしれない。困った医者もいたものだ。

きっと、私にはこの父の血が流れているのだ。

話のエンドを笑いに持っていきたいから。

エリ（犬）

銀行でのこと。

行員さんと打ち合わせをしていると、エリ（まっ白い中型犬）がいきなり入って来た。

犬だって、自動ドアですもの、前に立てば中に入ることはできるんです。

いらっしゃいませ!!　お客様です。

いつの間にか、私の後について来ていたのである。フローリングの床は歩きにくいのか、
机の上をピョンピョン飛び跳ねていて、捕まえることもできない。

私は外に出てしまい、行員さんに対処してもらうことにした。

私と一緒にいれば、おとなしいし、しっぽを振っている。

反省の色全くなし。

昔、犬は放し飼いでも問題はなかったので、いつも外で遊んでいた。

エリにしてみれば、私がスクーターで出かけると、いつでも後をついてきていたので、
この日も不思議なことではなかったのだ。

それでもエリはかわいい。

また、
エリは「行く」という言葉は絶対に聞き逃さない犬だった。休みの日、「スーパーに買い物に行こうか?」と会話していると、車のドアが開くや、真っ先に自分の席(一番後ろの真ん中)に飛び乗る。当時、ワゴン車だったので、エリが後ろを一人で占領しようが、困ることはなかった。自分も一緒に出かけるのが、当たり前だと思っている。

こんなに甘えているのなら、一度懲らしめてやろうと、私はいたずらを考えた。家からできるだけ遠くへ遠くへと行き、エリだって行ったこともない所だし、夜なので、首尾は上々。エリを降ろし、遠回りして時間をかけて家に帰った。

ちゃんと帰ってくるものか? どうか? 試したのだ。

三日後にエリはちゃんと帰ってきた。

犬というのは、日の影などを基準にして、方角が理解できるらしく、ホッとした。

私が風呂に入っている時、エリの足音に気付いて分かったのだ。風呂から出てみたら、エリはソファーの上でうずくまり、すっかり寝入っていた。いたずらが過ぎてしまって、ごめんなさい。

この事があって、罪滅ぼしにエリを連れて娘と子供の国へ遊びに行った時のこと。園に着くや、一生懸命動きまわり、もうすっかり、はしゃぎ過ぎた感じ。

とうとう私はエリを、負んぶするはめになり、真夏の暑い中、背にピッタリとお腹をくっつけてきた。

お前、恥ずかしくないのかと言ったのに……。

帰りは見たこともない光景にクスクスと笑いをもらいながら。当の奴さん、ヤッタネといった感じで、身動きもしなかった。

エリは、それから二匹の子どもを産んだ。

一匹は、すでに死んでいて、その子どもを取り除くのにもエリは抵抗した。

もう一匹は雪の朝産まれていたので、ユキと名前を付けた。

ユキはものすごく大食いで、いくら食事を与えても満足せず、母親のエリの分まで食べてしまう。エリは子どものユキが食べ終わるまで、我慢強く待っているので可哀想になってくる。

結局ユキを誰かにあげてしまい、エリだけを以前のように家に置いておくことにした。

犬だって人間と同じように母性愛というものが強いんだなとつくづく思っている。

猫

私の家にも猫がいた時期がある。

同じ母親から生まれた二匹の姉妹猫だ。

名前はシロとミケちゃん。成長して二匹ともほとんど同じ日に三匹ずつ子どもを産んだ。

数日後、シロは留守で、生まれた子猫は鳴いていた。ちょうどミケちゃんがどこからかやって来た。当然ミケちゃんは自分の子猫のところへお乳を与えに行くはずであるが、私がいたずらをしてみようと思い、シロの子猫のところにミケちゃんを捕まえて置いてみたら、何とミケちゃんはシロの子猫にお乳を与えている。

ミケちゃんはその後、自分の子猫のところへも行くものと思っていたら、どうもその気配はなく、またどこかに出かけて行ってしまった。

シロが戻ってくると、自分の子猫は腹いっぱいなのか鳴きもせず寝入っている。

そのうちにミケちゃんは、もうすっかり自分の子どものことを忘れたのか、私が捕まえてわが子のところへ連れて行っても飛び出す始末。

私は悪いことをしてしまったと反省したが、もう、どうしようもない。

シロの子猫にミケちゃんがお乳を与えているときに母親のシロが帰ってきたが、ごく自然な感じで、母親二匹で子どもの面倒を見ている。

どうやらシロよりも、ミケちゃんの方がお乳の回数が多いように思う。

そのうちに乳を与えられなかったミケちゃんの子猫は冷たくなってしまった。悪ふざけをしてしまった私がいけないのだ。かわいそうなことをしたと、気が滅入ってしまった。

母親同士、つまりシロとミケちゃんが仲良しだから、どっちの親でも通りがかった方がお乳を与えるだろうと思ったのだが……本当にかわいそうなことをしてしまったのだ。

あの時の子猫に申し訳なく思っている。

その後、わが家には猫は居ない。

甘えてくる猫は時々いるが、どうしてもミケちゃんの子猫のことが思い出されてしまうから。

電車の中

ＯＬ時代のこと。

地下鉄の朝の混みようは、大変なものだった。銀座線や丸ノ内線など、どれも同じ。赤坂見附を過ぎた頃からは前後左右から押されて体が斜めになる。

雨の日、長靴の中に何かが落ちた感触はあったものの、それが何なのか、誰の落としたものなのか、手を入れることもできず、妙な体勢のまま大手町で下車した。

職場は、すぐ目の前だった。さあ、靴を脱ぐのが楽しみ。

ラッキー！　五百円玉。

ずいぶん前のことであるが、私がまだ小さい頃、東京から学校の休暇を利用して鹿児島のわが家に帰ってきた時の兄たちの話。

東急東横線の中で一人のすました美人が席に座っていた。その人の前に立った兄二人が、

「コノッサアモ（この人も）、

ワガエ、モドレバ（わが家に帰れば）、

フトカ　ヘヲ（大きなオナラを）

ヒイヤッジャロナー（するだろうなあ）」

とか、鹿児島弁で冗談を言いながら、からかってしまったらしい。そのうち、女性が先に下車することになり、降りる時に何と言ったと思います？

「オマンサタチャ（貴方たちは）、

オボエッオイヤンセナー（覚えておきなさいよ!!）」

と、捨て台詞《ぜりふ》を残して行ってしまったという。

この女性も鹿児島の人だったのだ。

これ、セクハラですよ、完全に。

何十年も前だからこそ何事もなかったかもしれないけれど、周りの人には分からなくても本人は傷ついたでしょう。東京というところは、色々な人が大勢いるところだから、滅多なことを言うものじゃないと、みんなで大笑いした。

ふと美人が座っていたりすると、ついつい昔の会話を思い出してしまう。

忘れ物

結婚する八年前のこと。デートとは言い難いが、私は夫に仕事を兼ねながら、途中、私の父の弟子に当たる人の所まで、単車に乗せて連れて行ってくれ、と頼んだ。

フェリーで桜島に着き、桜島の溶岩道路を目の前にしてのスタート。私がまだ単車の後ろに腰を下ろさないうちに、一人で走り出してしまった。

夫の名前が〝進〟だけに、勝手に突っ走っちゃったという感じだ。

どうしたものか？　いつ気が付くのだろうか？　引き返すのは癪だと思い、もう現れないのではと思っていた。

しばらく待っていると、黙って私の横に単車を付けたので、私も黙って後ろに乗り、無言のまま出発した。忘れ物だけに口は利かない。

この時分は、お互い顔は知ってはいたが会話したこともないのに、勇気あることをしたものだと思う。

それから三年くらい後、もう一度単車に乗る機会があった。その時は前回と違って「乗ったよー」ぐらい、言えたのかな？

しょん便降る夜

共働きをしていた私は、一歳の息子がいたのだが、夜も疲れてしまっていて、息子がおしっこで私を起こしているにもかかわらず、目が覚めなかったのだ。

息子は、もう我慢できず、私の頭の上から小便小僧のようにおしっこをしてしまって目が覚めた。頭から、おしっこがタラタラ落ちるし、くしゃみ鼻水も出る。

情けないやら。すぐさま風呂場へ直行。

しかし、一番腹が立ったのは、横で寝ていて頭から布団を被り、ゲラゲラ笑っている夫のことである。

悪いのは目が覚めなかった私なのだが。

このことは今まで話題に上ったことはないけれど、いつか話してみたら、息子はどんな顔をするかな?

蜜蜂

目下、花や鉢物などのほか、家庭菜園程度の作業も楽しんでいるけれど、昨日の続きが、そのまま今日に繋がり、終わることなくそのまままた明日に繋がることはしょっちゅうある。

この繰り返しかもしれない。

明日の作業の段取りを今日のうちに決めておかないと、明日は朝から、いたずらに時間だけが費やされて、後手に回る始末。

サラリーマンだったら、朝、電車に乗り、職場に着けば、そこから、その日の仕事が始まるというのに。

それなら別の楽しみを探そう。

七年くらい前になるのかな。車で通りがかった道路との境にお茶の実がいっぱい落ちていたので、数個を貰って帰り、鉢の中に埋めてみた。かわいい芽を出してくれて、今度は別の所へ、きちんと植えた。

四、五年くらい経った頃、見事に成長して、今では茶摘みの時季になると、二、三回は摘める。楽しみながら自前のお茶が味わえる。

あのお茶の実を貰った場所は、もうすっかり様変わりしていて、当時の面影は微塵もない。あの時を思い出す。

お茶に、真っ白い花が咲く頃、横に蜜蜂の箱が置いてあったせいか、真っ白い花の中に小さな蜜蜂が次々もぐっていく。

箱いっぱいに甘い蜜をこしらえてくれた。

でも、天敵のスズメバチが蜜蜂を餌にしたか、ついに退治されてしまった。

蜜がいっぱい入った箱だけを残して、小さな蜂はいなくなってしまった。

箱の周りには、蜜蜂の死骸があふれていた。

助けた「オシドリ」に助けられ

釣り場を探していた時、夫のよそ見運転で、田んぼ脇の道が崩れてワゴン車が傾いてしまった。助手席にいた私は、やっと少しだけドアが開けられるようになった。

腹這いで田んぼに出てみれば、そこに一羽のオシドリがバタバタしている。このままでは泥に埋もれて死んでしまうと思い、捕まえた。

田植え前の田んぼだったと思う。オシドリを抱いて道路に上がり、近くの家で、尋ねて、車を引き上げてもらえる業者を探し当てた。

顔だけは泥を拭きとったものの、オシドリがバタバタするので、顔はアバタ、服は泥だらけで、胸にしっかりオシドリを抱いている私。社長さんの目にはどう映ったのか……。

事の次第を話すと、社長さんは、

「そのオシドリをどうしますか？」と訊く。

「車のことはどうなるの？」と、私は気をもんでいるのに、社長さんは、

「オシドリは、私が育てます」と言い、やっと車の手配をしてくれた。そして、

「五千円ほどいただきます」と言う。

やれやれと安心したものの、オシドリが車の処理代を少々持ってくれたのも事実。帰りに、庭先で飼っているオシドリの小屋を見せてくれた。

一・五坪ほどの申し分のない設備で、小屋の中では五、六羽の親どりが広い水場を泳いでいた。

なるほど、この社長さん、オシドリが好きで好きで、車のことなどあまり重要視していなかったらしい。水の設備といい、私などが飼うことなど、とてもできないことです。

私のゴールデンウィーク

ゴールデンウィークの時、千葉から青森へ向かおうと高速道路を走っていた。どこのパーキングだったか忘れてしまったが、愛犬を連れた人が数多く見受けられた。

でも、「こっちは鶏だぞ――」

青森で鶏を飼いたいという人がいて、雄一羽を加えた五羽の烏骨鶏を運んでいたのだ。私たちも休憩のつもりで、立ち寄った。ところが、本当にコケコッコーと鳴きだすありさま。私たちは同乗者だから、分かっているのだが、周りの人には、どこで鶏が鳴いているのか、分からない。

左右をキョロキョロする人、周りの木々を見ながら一回りする人もいる。

コケコッコーと鳴くのだから鶏に決まっている。つまり、庭の鳥だから、地面にいるのが当然なのだが、周囲の高い木の上を見ているのには驚いた。二羽の鳥なら木の上もあり得るが、そう思うとおかしかった。

道路を走っている時は鳴かないのに、パーキングでは、自分もゆっくりしようと思ったのか、鳴きだす始末。のんびり休んでいる場合ではない。

それ行け、やれ行け、とにかく走りに走った。

後ろの座席に鶏を連れた、ドライブとは言えない運搬作業。少しでも早く目的地に着こうね、と同乗者に約束した。

十五年ぐらい前だったか、ある農業誌に、私たちがアローカナというめずらしい鶏を飼っているということが書かれていて、その鶏をほしいと言われたことがある。確か、北陸の人で、宅配便で届けてあげたことがあった。

宅配業者は、生きた鶏なんて初めてなので、責任は持ちませんよ、ということだ。だが無事、翌日届いたとのこと、道中お利口にしていてケッコーなことだった。

それで今回、私たちも車に乗せてやり、東北まで付き合った。十時間くらいで目的地に到着した。やはり無事生きていた。車酔いなどもせず、心配いらなかった。

私も夫の次くらいに鶏との関わりが長いようだが、時々夫が誰と話しているのかな、と思うと、誰もいないのだ。私と会話しなくても、代理を務めてくれるまでに鶏と仲良くなっていたとは。

コーラス

歌の練習の時
一人がおならをしたらしく、くすくす笑いが広がった。

そのうちに、誰かの入れ歯が口から飛び出してしまった。

ゲラゲラとか、ワーッとか。

もう、どうにもなりません。

とうとう先生が、「休憩にします」との言葉。

何年か前の練習の時を思い出す。

入れ歯なしで歌えるように練習してみるか?

金さん銀さんを、ふと思い出して懐かしくなる。

体力が続く限り、歌の練習には行きたいけれど、やがて、入れ歯を使用するはめになったら……気を付けながら歌を楽しみたい。

月三回の練習がある。新しい曲目が決まり、合唱祭に向けて、一年間、どのサークルも練習を重ねている。

今年もこの四月に千葉県北総地域（千葉県北部）――銚子、佐原、旭、匝瑳《そうさ》などの各団体が一年間の成果を胸に抱きながら、自分たちの努力を披露するのだ。みんなで声を出し合い、音のボリュームやその響きを味わうとソロと違って歌の醍醐味を味わうことができる。

最後には全体合唱で「卒業」や「believe」を舞台の出場者と客席とで全員で歌うと、もう興奮してしまう。以前は二月に行われていたので、「早春賦」はぴったりだった。

一人の歌声より、何百人もの歌声はものすごいものだ。たった一日だけの祭典でも良い。出場した人たちは皆同じような気持ちでいることであろう。

合唱祭が終わると、四つの市を順番に回りながら次々と会場を回る。雰囲気も新たになったところで、来年に向けて、また、新しい曲目にチャレンジする。

コーラスは、やっぱり、やめられない。

後書き

原稿を書き始めて、約六カ月かけてやっと書き終えることができました。

現在の私は、まったく書くことと関わりのない農作業をやっているのですが、趣味が高じて今では農業委員会認定の農家であります。

田んぼ、畑作りで、結構忙しい毎日ですが、妻と二人でもらう年金は、その農作業のための肥料、機械の修理、資材の購入に支払って、苦心惨憺しています。

ですが、今では自然を相手に仕事のできることに感謝している次第です。

新聞やテレビのニュースを見ることが日課になっていて、さらに若い頃から習慣になっている読書好き。これは何十年経っても変わることなく、今でも夜布団に入ると読書が続いています。

というわけで、横に寝ている妻は、若い頃は明るいと寝られないと、散々苦情を言っていたものですが、ここ十四、五年は、そんな中でもよく寝ているのを見ると、何だか気が休まる思いがしています。

『万葉集』を読んでいると、日本の自然や万葉時代に一生懸命働いていた人々の姿を想像したり、当時の若者たちの姿、相聞歌に出てくる男女の想いばかりではなくて、実際に農作業などに従事していた人々の恋愛的な感情はどうだったのだろうと思ったり、想像に切りがありません。

新聞社時代の想い出も遠い昔のことのように感じてきます。

私たちの編集局内における諸作業は、すべて手作業であったとするならば、現在の新聞校閲の作業、整理作業は、その大半を機械が処理してくれているように思われます。

しかしながら、記事を書くことは、昔も今も変わりようはなく、その書き手の心を映し出しているのでしょう。文字そのものの校正、校閲よりも日本語の解釈、意味の受け取り方などについては、未《いま》だ簡単には解決できないような気がしてなりません。

第二章を書いた妻・みくさは、落語と音楽があれば「ご飯に味噌汁」と言うくらい、日常生活の中に落語と音楽が生きていて、エッセイの題材となりました。今後もごく身近な自然の中から題材を拾い、おもしろいエッセイを書いていきます。

令和元年七月二十日　夜

松山進記す

著者プロフィール

松山 進（まつやま すすむ）

昭和14年８月、鹿児島県生まれ。
國學院大学文学部卒業。東京都教育委員会国語教員免許取得。
サンケイ新聞東京本社編集局校閲部記者。
現在、千葉県佐倉市にて、趣味の農業を営んでいる。
平成23年１月、千葉地裁裁判員選任候補：東日本震災被害のため辞退。
趣味は読書、釣り、万葉散策。

松山 みくさ（まつやま みくさ）

昭和17年１月、鹿児島市生まれ。
現在は夫と家庭菜園を楽しむ。
趣味：コーラスと落語。

令和は万葉人の贈り物

2020年３月15日　初版第１刷発行

著　者　松山 進
　　　　松山 みくさ
発行者　瓜谷 綱延
発行所　株式会社文芸社
　　　　〒160-0022　東京都新宿区新宿１－10－１
　　　　　　　　　　電話　03-5369-3060（代表）
　　　　　　　　　　　　　03-5369-2299（販売）

印刷所　株式会社フクイン

© Susumu Matsuyama, Mikusa Matsuyama 2020 Printed in Japan
乱丁本・落丁本はお手数ですが小社販売部宛にお送りください。
送料小社負担にてお取り替えいたします。
本書の一部、あるいは全部を無断で複写・複製・転載・放映、データ配信することは、法律で認められた場合を除き、著作権の侵害となります。

ISBN978-4-286-21404-7